妖獸都市傳說

列宇翔 著

推薦序 1

　　有些話題，從來都不乏捧場客，更有一班死忠派支持，一是靈異，二是神秘學。

　　靈異作品可說是長盛不衰，端看鬼片長拍長有，鬼故事說之不盡。至於神秘學，一直以來也有一班狂熱份子喜愛鑽研，近年仗著科技發達，特別是資訊科技使訊息搜尋及傳揚變得更易，神秘學比以前變得更易入口，有關神秘學的話題很多都熾熱起來。

　　我這個見鬼的救護員，本已見過不少光怪陸離之事，對神秘學不單抱開放態度，而且頗有興趣，經常收聽收睇有關神秘學的節目，亦時常閱讀有關文章，當然亦拜讀過不少若愚兄（列宇翔）的文章。但正如若愚兄曾在文中提過，對於神秘學初學者如我，面對網上海量的資訊，有時反而茫茫不知從何看起，真相儼如海中一針，求之不得。若愚兄卻能整理好大量資料，疏理當中脈絡，融匯過後再寫成深入淺出的文章。文章角度於理性與神秘間取得平衡，不會浮誇失實，譁眾取寵，可

信性及可讀性俱高。本對該些神秘事件毫無認識的讀者讀後能易於明白，掌握大概；資深行家讀後亦能充實知識，補充遺漏。

　　最近，小弟為了創作新小說而思量好些奇幻點子，慶幸若愚兄誠邀寫序，今日重讀一遍若愚兄的文章，竟發現真有提到有關鳳凰的文章，獲益甚深。一路以來，不少讀者朋友亦會問我有什麼寫作心得，我深信必然是多讀多寫，擴闊自己眼界，多點認識世界，必然對寫作有所裨益。小弟在此向大家推介若愚兄的新書，萬勿錯過。

　　　　馬菲　《黑色救護誌》、《生死營救》人氣作家
　　　　　　　　　　　　　　　　　　2017年4月

推薦序 2

　　認識列宇翔是從新報專欄「華夏之謎」開始。自己每天都有閱報習慣，特別喜愛不同作者的小專欄。紙不離手，文章有價。神秘學的資訊很多都是來自報章的小報導。離奇古怪的新聞從來都是漠不起眼的小新聞。

　　列宇翔的專欄不是那些只靠吸引眼睛的外國翻譯資訊，反而他寫不少中國的古老歷史，看似熟識，但卻非常陌生的中國神秘學。內容全是見解獨特的文字，來探討中國歷史中的神話生物，歷史事件，在香港真是獨此一家。

　　當2015年他出版《驚世尋謎　屍人檔案》，從書局發現此書的時候，發現內裡文章，主題環繞中外殭屍與喪屍，文章簡潔明快，資料豐富，古今中外各種屍人盡在此書。自己覺得香港終於有以資料為主的神秘學書籍。回家細讀，內裡集歷史，傳聞，都市傳說盡在此書，使到讀得津津有味。

不過自己一直希望出版社能夠將他在報章及網媒所寫的傳聞異事結集成書，今次終於成為事實。《妖獸都市傳說》正滿足我個人願望。一直以來，從列兄面書的文章中，看他娓娓道來各種古怪生物、上古神獸，已估到書中文章必定資料詳盡。加上本書未曝光的全新文章所佔比重極多，自己當然一定捧場。在香港，好的神秘學的書籍不多。列兄新書必在收藏之列。最後祝列兄新書大賣，長出長有，有幾多賣幾多。

Gary Kwan 神秘學節目《無奇不有》主持

2017年4月

推薦序 3

　　還記起某年我要在網台開一個歷史節目，當時需要找一位拍檔一同主持，在朋友的介紹下得知有一合適人選名叫王若愚（筆名列宇翔），當時我一聽到這個名字心中便湧現出一點畏懼心，心想『大智若愚』必定是一名才子也，還可能是一位古板的才子，害怕跟他合不來。

　　到了我們真的要開始合作時若愚兄提意第一集的「尋古探秘」用龍來做主題，我當然非常同意的，因為以龍作開始完全符合易經中以乾卦為首卦之意，首卦以乾元開始，六爻皆以龍作描述，的而且確妙絕了，更妙絕的是我本是一個歷史愛好者而他是一個神秘學愛好者，從來沒想過神秘學結合在歷史之中竟然有意想不到的效果，錄影當天本只想拍一集作試驗，怎知一氣呵成拍了兩集，監製見好一直不打擾我們，讓我們一TAKE過完成了兩集，但是其實當時還未把所有資料講完的，之後還要再加兩集才能把有關龍的故事完成，這我也是嚇了一跳，沒想過有關於龍的傳說要花那麼多的篇幅才可完成，這正正是王若愚對神秘學求真的深入研究精神及獨

特的分析能力所得出來的成果。

從這次開始我認識到王若愚的功力，不時在他的面書中也能看到他的分析文章，就因為那些文章我曾多次邀請他出席我的節目任嘉賓，主講的包括以殭屍、人魚及木乃伊為題的神秘學分析，除此之外我還有看過他的幾個著作包括大人國、小人國、美人魚的眼淚、獨角獸的悲鳴、鳳凰浴火及俄羅斯攀牆異形等等。

只要留意一下不無會發現王若愚的著作也是走全球性的風格，什麼全球性呢? 就是他會千辛萬苦用不同的途徑尋找有關主題在世界各地不同年代不同時空所出現的不同証據及偏差之處，而且還非常之細心地抽絲剝繭把神秘傳說的真相還原出來，不是一般東拉西扯，穿鑿附會的炒作評論，所有論點也有根有據有出處，有些還有圖有影片，絕對是一絲不苟的分析，最難得是文中有很多個人的獨特見解，資料豐富的同時在學術性與趣味性之間兩者剛恰到好處，精彩絕倫的文筆及細緻的描述叫人百看不厭，絕無一點悶氣。若愚兄不時自嘲自己的分析是二手分析，但其實他的精闢分析猶勝很多一手的分析。

鬼故黃 電台、網台節目主持及YouTuber

2017年4月

前言

傳說，上古人神雜處，各路神靈與凡人之間，彼此走得極近。

在科技尚不倡明、實證主義還未興起，那遙遠的世代，奇幻色彩反而濃得化不開。不僅人神共處，各式各樣的怪物、妖獸、神獸，也仿如平凡不過的飛禽走獸，舉目皆是，甚至觸手可及。

昔日的怪物活在神話裡，今天的妖獸則活在作品中，包括文學、電影、動漫遊戲，尤其是活在網絡媒介，成為一則又一則的都市傳說。

這些妖獸豐富了人的幻想、驚嚇了人的心靈，但「得閒死唔得閒病」（忙得要死）的都市人，卻很少理會一眾怪物的前世今生何去何從，說得白一點是「不管它們的死活」。妖怪若在天有靈（或泉下有知），恐怕震怒得要反攻人類，奪回大地與尊嚴罷？

為免有朝一日妖獸反擊戰開打，人類依然對他的對手一頭霧水，本書特嚴選了四大類14家族過百種的怪物，為其身世源流追源溯本，刻畫怪物們的特徵面貌。

本書部分篇章，針對流行於網絡的都市傳說，逐一梳理脈絡分析真偽，可謂一部罕見的妖獸調查報告；另一部分則游走於神話、文獻與證據，為怪物的真相撥開雲霧，稱得上是一本深入淺出的怪物考據學。

　　心水清的讀者可能發現，本書所選的怪物都具有「全球性」特質，意味這些異獸並非一時一地民眾的傳聞，而是在幾乎全球各地的廣大範圍裡，均口耳相傳，甚至不乏目擊記錄，故特別值得重點注視。其中的重頭戲──真龍傳說，作者用心推敲並細緻比對古今中外各種「龍」傳說，在小心求證的基礎下提出了大膽假設，無論此說是否成立，均值得讀者一再細味。

　　其實，即使在講科學講證據的21世紀，一些偏遠落後的山區或農村，依舊不乏怪物出沒的傳聞；至於經濟發達的現代化都市，妖物雖似遠離了世人的「日常生活」，卻大大活躍於人類「精神生活」，尤其融入在層出不窮的影視遊戲娛樂當中。可見無論在什麼時代，人的心靈深處總藏著對「異物」的陰影疑懼，永遠揮之不去。

目錄

檔案 1 都市傳說妖獸

檔案 2 半人半獸

檔案3 上古神獸

檔案4 真龍傳說

檔案1
都市傳說妖獸

俄羅斯異形與瘦長男的網絡奇譚

長手長腳怪家族：竹節異形・Slender Man・日本妖怪手長足長・山海經長臂人、長股人

　　網絡世界對神秘文化研究者來說，大抵又愛又恨吧。愛，因為現今要找什麼偏門資訊，較以往來得簡單許多；恨，資訊雖然隨手可得，但海量資料卻是真假夾雜，往往假的居多，要披沙揀金過濾出可靠訊息，實須花極多時間，兼且考功夫。

　　如今各種疑幻疑真的怪異照片甚至影片充斥網絡，「有圖有真相」此話絕對靠不住。

大廈外牆的巨大異形

　　如果你也是古靈精怪的愛好者，2015年大概看過一則影片[1]：在俄羅斯一座建築物外，攝錄機拍到一隻巨形的異形在外牆施展「壁虎功」。異形估計長20米，驟看起來像巨形蜘蛛，不過蜘蛛生有八足，此怪物只有四肢。最特別的是牠的四肢竟可伸縮，忽長忽短（作者按：簡直是《海賊王》的路飛），看起來

格外詭異。

　　其實，這攀牆異形的影片有兩條，筆者把它簡單稱為「日間版」和「夜間版」。兩條片的怪物看來十分相似，令人懷疑是同一事件分別於日間和晚上被拍下。事實並非如此……

　　細究起來，雖然兩片去年炒得熱哄哄，實情「日間版」影片，可追溯至2013年；而「夜間版」那條，更可追溯至2009年。至於為何前年忽被翻炒，就不得而知。

　　兩條片段當初面世，相信起源於俄羅斯互聯網（按，筆者翻查過，最早的貼文的確見於俄文網站，而YouTube上最早的片段，標題與留言最初也是俄文），最初外國網友把異形描述為「猶如竹節蟲」（ stick insect ）或索性稱為外星生物。但近

在俄羅斯一座建築物攀爬的異形怪物（YouTube截圖）。

年，不少外國網民漸把它改稱為Slender Man（譯名為瘦長男或森林暗鬼）。因為片中異形的特性，正好與Slender Man有雷同之處。既然如此，筆者乾脆將兩者一併探討。但實情，兩者有頗大分別，本文後面逐一分析。

好了，我們首先得弄清，這兩則影片是真是假？在外國的論壇乃至YouTube上的留言，幾乎大部份網民都覺得影片是假的，只不過是CG（電腦動畫），筆者也不例外。但要踢爆總得證據。

最簡單的方法是找出有沒有人「認頭」，承認是他自己偽做的。

於是我找呀找，終於找到英國媒體dailystar的一則報道：原來一名俄羅斯人Kataev，有天清晨一大早便醒了，不能復

攀牆異形於夜間出沒（YouTube截圖）。

睡，望出窗外，覺得一切十分安靜，忽發奇想，如果外面有隻龐然大物開始四處流浪……於是他便著手創作了這隻異形。時為2013年。

這是上述異形片「日間版」的來源。但「夜間版」可追溯得至2009年（一說是2008年），其故事較日間版更為峰迴路轉。首先，夜間版不僅出現兩個不同角度拍攝的版本，還有人撰寫目擊報告！2

筆者第一個想法是？既然「日間版」有人承認偽做，那麼非常近似的「夜間版」片段，會不會是由同一人創作出來？答案，似乎是「不」。

夜間版兩個版本，較為流行那條，於2013年廣為流傳。由於與日間版同樣「冒起」於2013年，初時我還以為是同一系列。後來在一些俄羅斯網站與論壇，有人聲稱這條片早於2009年便在互聯網上見到，但奇怪的是片段出現不久，旋即被刪除，直至幾年後才忽然在網上重出江湖。

據悉，影片最初的檔案名為station922.mkv，於2009年5月13日第一次發佈http://livejournal.com，據說事件是發生於名為Ulianovski的城市。後來有網友聲稱，片段的發佈者名為Simon.A. Ostahov，應該是俄羅斯人。

又是俄羅斯？究竟發生什麼事？

另一條「夜間版」同樣拍到這隻「竹節怪物」攀爬於看來相同的建築物外，但取景角度明顯不同。究竟是同一事件的第二證據，抑或只是好事之徒的仿作？

後來，網上更出現此怪物的「目擊報告」。那人聲稱，某天的20時30分，他正要離開辦公室，外面突然傳來很奇怪的尖銳嗡嗡聲。他望出去，見到一個很瘦長的影子站著不動。一段時間後，他從陰影處走向有光的地方，目擊者清楚地看到，那不是正常人，它沒有臉而且身體看起來像棍子。於是那人去找手機想拍下來，回來一看更吃驚，那東西不斷擴大延伸，直至

另一角度拍到的攀牆異形（YouTube截圖）。

圖中遠處（左上角）可隱然見到一個瘦長男人身影。

伸展至與二樓差不多高時，忽然跳起來爬上牆直到屋頂，從目擊者的視線消失。目擊者僅能拍下三張照片。

　　這份目擊報告是用英文撰寫的，起碼於2011年已在網上流傳，不知事發地點是否俄羅斯，但從照片看來，怪物出現的環境，與「夜間版片段」的環境有點不同。請留意一點，有人承認偽做的「日間版」出現於2013年，而「夜間版」及「目擊報告」皆比日間版來得要早，且似乎未有人站出來承認偽造。

　　現今CG技術出神入化，虛擬動畫片要多迫真有多迫真，

故但凡有任何怪異影片於網上熱炒，理性的人每認定那必然作偽，而事實上假圖假片又的確充斥網絡，擾人耳目。既然如此，我們何必要花精神去判別一條多半為假貨影片的來龍去脈？皆因，當探挖下去，你會看到一個活生生的都市傳說如何形成。

無論如何，片段最初出現於俄羅斯，似乎是共識，而且當時從沒有人稱那怪物是瘦長男Slender Man。那麼，為什麼俄羅斯攀牆異形會與瘦長男扯上關係？這就得從2009年談起。

瘦長男的都市傳說

俄羅斯攀牆異形的影片在網上瘋傳不久，未幾便與另一個都市傳聞瘦長男合流，外國網民漸漸把片段中的異型，直接稱呼為Slender Man。

網民如此聯想，其實不難理解。皆因Slender Man身形瘦長，擁有可隨意伸縮的手臂，背後更可生出觸手。聽起來，確與「攀牆異形」有幾分相似。

瘦長男每隱匿於林林或大霧的街頭，跟蹤目標，設法不讓別人看見的情況下把目標從背後抓走，綁架到附近的森林。早期的受害者會慘遭札穿身體掛在樹上，直至流血而死。後期的受害者則直接失蹤，人間蒸發。據說他鍾情小孩子的靈魂，有小孩子夢見他後就失蹤，因為瘦長男已進化至闖進夢中捉人，

無聲無息，非常厲害。僅有的徵兆是，當此妖物靠近，人類會記憶力減退、失眠、多疑，並且咳嗽帶血。下次出現此「病徵」，不僅要看醫生，可能還得找道士、驅魔人或獵魔高手！

話說回頭，或許我們不應輸打贏要，只比較兩者相同點，卻無視相異之處。事實上，傳說中的瘦長男，每次皆以人的形貌出沒，他沒有臉孔五官，大概三至四個人身高，愛穿西裝打領帶。比起來，「攀牆異形」似是光脫脫一絲不掛，身材也巨型得多。以此推敲，初步可判斷「此怪不同彼怪」，似屬網民的牽強附會而已。

那麼，我們不妨追問下去，瘦長男是否真有其怪？筆者不賣關子了，網絡上充斥大量瘦長男的傳聞與照片，疑幻疑真似層層，但實情他只是一個虛構角色，是創作出來的。可是，

鍾情兒童靈魂的瘦長男Slender Man。

在查根究底過程中，我發覺「主流」的說法不止一個，而且都有破綻，令人疑竇叢生。

主流的說法是：2009年6月8日，一個名為"Something Awful，SA"的討論區，舉辦了一個「超自然圖片」（paranormal pictures）的改圖比賽，規則是把普通照片修改為恐怖圖片。芸芸參賽圖片中，兩張黑白照片備受觸目，上載者網名為Victor Surge。相中被攝者是一群兒童，鏡頭的遠處可隱然見到一個瘦長男人身影，他足有三至四個人的身高，詭異莫名。圖片附簡單解說，稱照片由攝影師 Mary Thomas 於1986年所拍，但自從她拍下此靈異照片後，同年6月13日便告失蹤。照片存放在一所圖書館內，後來這圖書館卻發生火災……

其後陸續有網民參與「集體創作」，上載號稱瘦長男的照片及故事到SA討論區，令話題一直延展至2011年，瘦長男也成為知名的都市傳說。

可是，瘦長男的起源另有一說：那是恐怖故事網站「Creepypasta」於2009年構思的一系列虛構故事，瘦長男乃由恐怖小說作家 Eric Knudsen 所創作。Eric Knudsen 曾接受媒體訪問，聲稱瘦長男參考了民間「陰影人」（Shadow People）的傳說，靈感來自於多位著名的驚慄小說作者，包括 HP Lovecraft，Zack Parsons，William S. Burroughs 及史提芬京（Stephen King），尤其受史提芬京的《迷霧驚魂》（The Mist）

所影響。

這位Knudsen又在另一個訪問中稱瘦長男的原型來自電影Phantasm系列中的"the Tall Man"單元。

兩種說法孰真孰假？有人說 Eric Knudsen 便是 SA 論壇的 Victor Surge，這也頗合情理，畢竟現今創作人要突圍而出，絕對少不免宣傳手段，而在討論區上發放疑幻疑真的圖片，藉以炒作瘦長男傳說，是不難理解的。

令筆者費解的是：何以 paranormal pictures 的改圖比賽、Creepypasta 的恐怖系列創作年份，與「俄羅斯攀牆異形」的第一條影片發放日期，均在2009年？

純粹巧合？抑或其實「攀牆異形」亦是瘦長男集體創作的延伸？

有沒有可能，假如，當「攀牆異形」影片外泄後，為免造成外間不必要的猜想，有人刻意利用同期的網絡都市傳說，將二者拉上關係，藉以把公眾視線轉移？

當然，這種推測，證據欠奉，極可能是「你諗多咗啦」（香港潮語，意為「你想多啦」），因為正如前述，「攀牆異形」影片的真實程度似不太高。

故事發展至此，該結案陳詞了？原來還有可議之處……

第一個重點：與傷人案扯上關係

瘦長男這個都市傳說，竟催生了一宗恐怖傷人案！

2014年6月，美國威斯康辛州發生一宗幼童刀傷案。兩名12歲女童Morgan Geyser與Anissa Weier，把同學騙到森林茂密的Waukesha公園，以12公分利刀刺向受害者，足足刺了19刀！幸而受害者命不該絕，被途人所救。警方抓到兇徒後，兩女童聲稱傷人是為了得到瘦長男的認同，兩人更計劃到森林投靠他。

經盤問，Morgan Geyser宣稱自己能跟瘦長男心靈溝通，相信自己是他的代理人。而Geyser宣稱自己看見及聽到瘦長男和「哈利波特」的伏地魔。

事發後，當地輿論沸沸揚揚，Creepypasta更被形容為「網路邪教團體」。網站負責人發聲明指：「小說與現實是有條界線將兩者分開，不是每個讀者讀完這些故事都會信以為真。他呼籲所有的讀者，在讀小說的同時請了解這一切都只是虛構的故事。」

恐怖故事網站Creepypasta

遊戲《Trilby's
Notes》的角色
Tall Man，會否是
瘦長男的真正原
型？

第二個重點：真正瘦長男原型誰屬

究竟SA論壇的 paranormal pictures 改圖比賽與恐怖故事
Creepypasta，是否真正的瘦長男的「發源地」？

須知道，無論「改圖比賽」還是「恐怖故事創作」，均發
生於2009年。但網民指出，早於2003年，一個與瘦長男造型極
為肖似的角色，已誕生於電腦遊戲當中！

此遊戲名為Chzo Mythos，作者是Yahtzee Croshaw。Chzo Mythos
系列遊戲的《Trilby's Notes》出現了一個角色，名叫 Cabadath (又
喚作 Tall Man)，他身穿黑色高領長衣，手執鐮刀，身高長及天
花板，沒有臉孔和五官。有研究者相信，此角色才是真正的瘦
長男原型。

那麼該問的是：自稱為瘦長男創作者的 Eric Knudsen 「參考」了 Yahtzee Croshaw 的設計，抑或兩人其實都只是襲用了一些民間傳說為創作藍本？如是後者，我們可否把瘦長男視為真實世界靈異傳聞的一種變奏？

第三個重點：虛構的物證

外國不少網站宣稱，瘦長男可從過去的藝術作品中找到證據。

偽做的瘦長男藝術木雕圖

Hans Freckenberg的木雕原圖

這幅X光相信是改圖作品。

　　第一件物證：德國16世紀時，騎士 Der Ritter 與一個拿長槍的怪物決鬥。在一幅木刻板畫上，可見到怪物長著四條又幼又長的腿，而且沒有臉孔。

　　第二件物證：文藝復興時期藝術家 Hans Baldung 一幅繪畫描繪女人與死亡。2003年，有人把畫作拿去用X光檢查，發現女人身後的「死神」，竟在背後多出了四隻手。

　　第三件物證：在巴西國家公園Serr Da Capivaras的壁畫，可見到左上方有一隻觸手怪物，彷彿正在襲擊人。

留意圖中左上角「觸手怪物」。

Serr Da Capivaras壁畫原圖根本沒有觸手，證明「觸手怪物」是改圖。

就上述三項「證據」，筆者花了許多工夫追查源頭。

第一幅「所謂證據」是Hans Freckenberg的木雕圖，原圖只是骷髏怪物，沒有四隻腳，面部有眼也有嘴。這明顯是改圖作品。

第二項「所謂證據」所謂的X光檢查事件，除了網上流言外，沒有人能提出確實的文字紀錄或證據，相信亦是好事之徒的改圖作品。

第三項「所謂證據」筆者也找到原圖，左上角的生物本來沒有觸手。同樣是改圖作品。

可見網上流傳的證據許多時不盡可信，可謂陷阱處處。

瘦長男的神話線索

那麼，瘦長男能否從神話中找到線索？

如果把無臉、手長腳長、愛捉小孩等特徵分開而論，確可從神話中找到類似的神魔，如日本怪談中的無面女妖（無臉）；《山海經》的脩臂國、長股國人及日本神話的「手長足長」怪人（長長四肢）；蘇美爾神話的莉莉絲（抓小孩）等。但綜合上述特徵的妖怪，筆者卻未找到線索。

純粹論外形的話，在澳洲阿納姆地區（Arnhem Land）的卡卡杜國家公園（Kakadu National Park）內，筆

日本神話的手長足長（手長足長圖　河鍋曉齋（1871））

31

者無意中發現，一幅由擁有超過六萬年文化的原著民「雍古族」所繪的壁畫，畫中的「生物」，竟是跟俄羅斯攀牆異形極為相似！

陰影人的美國傳說

最後不妨一看 Eric Knudsen 聲稱，瘦長男的參考對象「陰影人」（ Shadow People ）。在好些民族的傳聞裡，不時有人聲稱見到一個像人類外形的影子，「它們」可活動，穿牆過壁，甚至出現在鏡子裡。有人認為那是鬼魂，也有人認為那不同於鬼魂，是另一種超自然實體。

卡卡杜國家公園壁畫，竟與網絡瘋傳的俄羅斯攀牆異形影片的怪物甚為相似。(fotosearch.com)

　　據說在1977年，上百名東南亞移民在美國一夜間猝死，醫學界稱為夜間猝死症（Unexpected Nocturnal Death Syndrome, SUNDS）。經過多年調查，專家仍無法解釋集體猝死的原因。相傳他們死前全都見過「陰影人」。

　　到了2001年，美國一個深夜電台節目（The Coast to Coast AM）徵求「陰影人」的相片及影片，初時主持人只是開玩笑，沒想到提供資訊的民眾超預計地多，從此Shadow People傳說走紅，成為近代的都市傳說。

　　雖然俄羅斯攀牆異形、瘦長男與陰影人表面沒有任何關連，但細究下去卻有千絲萬縷的關係。它們同樣活躍於講科學講證據的現代社會，可見即使在什麼時代，人的心靈深處總藏著對「異物」的陰影疑懼，永遠揮之不去。

註1
https://www.YouTube.com/watch?v=p0Pognd8jJk

註2
夜間版最初片段https://www.YouTube.com/watch?v=beX2aMws_qw
夜間版新版本 https://www.YouTube.com/watch?v=wuSD_uwpUBl
目擊報告 https://www.YouTube.com/watch?v=-9kAsQY456w

喜馬拉雅山守護者
雪人的蹤跡

野人家族成員：雪人‧夜帝‧耶提‧阿爾瑪斯‧大腳八‧野人‧山魈‧山鬼‧紅毛人‧大毛人‧多毛人‧人熊

　　芸芸神秘生物裡，野人大抵是世上目擊最豐，傳聞最多，亦是較少「神化」色彩的謎之生物。

　　野人之說，流傳了百多年（以近代目擊個案計；若連古籍類似記載也算在內，則有上千年歷史甚至可追溯至公元前），直至今天也有學者／研究員相信野人之存在。

　　牠是以雙足步行的人形生物，渾身長毛，體形明顯比人大，有點像猿，卻隱隱然與猿猴有所區別，如頗具智慧，擅於匿藏及迴避世人追蹤。如斯生物，在中華地區，自古稱為「野人」；在印度、尼泊爾一帶，民眾管牠叫「夜帝」或「耶提」（Yeti, Meti)，華文統稱雪人；在西伯利亞、蒙古叫「阿爾瑪斯」；在美洲稱為「大腳八」（Bigfoot）。西藏、錫金、不丹……莫不有目擊個案，民眾多半深信其存在。

雪人傳説流傳了起碼百年以上。（The Mummy: Tomb of Dragon Emperor劇照）

喜馬拉雅山　雪人的故鄉

　　傳説中，喜馬拉雅山是雪人的故鄉，因此山脈橫跨的地域，印度、尼泊爾、不丹、中國，均不乏雪人故事流傳。一則故事在西藏口耳相傳：話説800多年前，藏人修建止貢提寺，因人手不足，進度緩慢。菩薩得悉了，便命雪人晚上從山上下來，助民眾搬石頭建寺。

　　歷年來，喜馬拉雅山一帶屢現雪人蹤跡，聲稱的目擊個案不絕。

1889年，英國陸軍中校沃德爾（L.A. Waddell）記述：錫金（Sikkim）東北區域發現雪怪的足跡；

1925年希臘攝影家托姆巴斯（N.A. Tombazi）在尼泊爾目睹雪怪，牠直立如人一般，但沒穿任何衣服；

1936年，民族學兼植物學者洛那魯杜在西藏薩魯河上游發現雪人足跡；

1942年，四名波蘭人在不丹和錫金國境處的千比峽谷，在面前100公尺處目擊兩個雪人，牠們體長超過兩公尺，以雙足直立步行；

1951年，英國攀山者西普頓從遠征聖母峰的歸途中，在6000公尺的冰河上發現長45公分、寬32公分的足跡，足印顯示該生物有五根腳指，三小兩大；

1970年，攀山家威朗斯在安那在月色下目擊雪人；

古奧聲稱發現巨型足印。

　　1986年，意大利登山家梅斯納攀登喜馬拉雅山，突然發現前方不遠處站立一個龐然大物，雙方碰面，那東西縱身躲進了叢林。梅斯納尾隨其後，見怪物足有七英尺高，動作迅捷，他直覺這就是傳說中的雪人。

　　傳說中，雪人是秘境香巴拉的領路者，人若能追踪雪人足跡，甚至捕獲雪人，便可以前赴聖地。這解釋了為何探險家對研究雪人如此孜孜不倦。

雪人移民到美國？　大腳八的真偽

　　20世紀，喜馬拉雅山雪人的傳聞迷倒不少西方人，如加拿大學者約翰克林便收集了2000多件野人的出沒、足印等目擊個案。西方社會形成一個謎思：假如世上真的存在野人，那麼，除了喜馬拉雅山山脈，牠們會否生活於地球其他地域？

　　不知是心理作祟抑或野人當真集體移民，到了1900年代，美國逐漸出現疑似野人足跡，由於足印較一般猿猴為大，當地人稱為「大腳八」（Bigfoot）。

　　1958年，加州德爾諾特縣（Del Norte County）古奧（Gerald Crew）發現巨型足印，獲《The Humboldt Times》大篇幅報道以來，「大腳八」便在美國掀起熱潮，從此聲稱目擊個案愈來愈多……

1966年，俄亥俄州有人拍到一張兩公呎以上的長毛獸人，照流傳至今的畫面所見，屬於一個模糊不清但勉強可辨認為人形的黑影。

1967年，美國加利福尼亞州有人拍攝到大腳八的影片，不少研究者認為那是人為扮演的。

踏入2000年，大腳八的傳說突然再炒熱。話說2002年，加州洪堡縣韋萊士（Wallace）家族自揭，原來1958年的古奧足印事件，乃由該家族的Ray與Willbur兄弟穿上大腳模型所扮，目的是製造喜馬拉雅雪人的「美國版」。

其實，這宗「騙案」並不罕有也非唯一。歷來不斷有人聲

本圖可謂最知名的「大腳八」影像之一，但有人把它放大修整後，發現疑似人的五官，似乎是由人穿上道具服所扮成。

稱見到大腳八更拍下影片，到了互聯網興起，類似影片更是不難搜尋，真假難分。畢竟今時今日，有片、有圖也未必有真相，假作真時真亦假。

2008年，美國兩名警員據悉發現三具大腳八的屍體或毛髮樣本，後經DNA化驗，證實當中一具只不過是染色的人類毛髮，另一個屬於負鼠Opossum的組織，最後一個最離譜，原來竟是橡膠製的道具！

事實上，不少被送往實驗室鑑定的「野人毛髮」，很不幸常遭揭穿不過是熊、猴子等動物的毛髮。

中華野人古已有之

中華自古已流傳野人之說，或曰山魈、山鬼，或曰野人、紅毛人、大毛人、多毛人、人熊等，名異實同，均是描述一種略具智能的類人形兩足步行生物。

今人慣叫的野人早在明代文獻已出現。藥聖李時珍《本草綱目》記述：「長丈餘，逢人則笑，呼為山大人，或曰野人，即山魈也。」

清代袁枚《子不語》所述的紅毛人與大毛人，形象上與《本草綱目》所記如出一轍。而在清朝的一些縣誌中亦提及多毛人：「房山高險幽遠，石洞如房，多毛人，長丈餘，遍體生毛。」房山乃指房縣之山。直至近代，房縣一帶的洞穴與山谷

仍不乏以「野人」命名之所，如「野人洞」及「野人谷」等，可見所謂多毛人，其實就是野人。

南北朝劉宋皇帝，史稱曾獲獻一對雌雄野人，多種著述如《本草拾遺》、《酉陽雜俎》、《爾雅集》均記載了這件奇聞異事。按理說，古時未開發的地區眾多，土著蠻人滋擾「天朝百姓」所在多有，帝王將相就算再無知，也斷不可能把一般披毛皮的土著蠻人視為奇珍異寶。換言之，那對「雌雄野人」，形貌必然與常人極為不同，才會被進貢至宮內。

神農架傳說

中華地大，最熱門的「野人」勝地大抵要數神農架。當地百姓稱野人為「紅毛野人」（與《子不語》記載一樣！）；而在雲南周邊，則流傳人熊、東都、亞胚等等生物，無非是野人的別稱。

值得留意的是，神農架山脈一帶，發現命名為「巫山人」的猿人頭骨化石。有沒有可能，野人是巫山人的後裔？

為了一解疑團，當地專家成立了「神農架野人考察研究會」，據悉近年仍在運作。但為何研究一直毫無進展？北京靈山研究所研究員王方辰指出，這主要是資金與資源的問題。即使在美國，如大腳八一類的研究，都是民間小規模研究，偏偏研究野人得動用紅外線遙感等技術，於一些偏僻所在更須用直

升機運送器材，所需資金較想像為大。儘管中國中科院曾進行野人專項研究，但為期僅兩年，之後研究員欲再度申請，也遭各種理由被否決了。

新疆生態學會理事長、新疆環境保護科學研究院研究員袁國映在其著作《野人》提出大膽理論，他據多重資料判斷，世界上仍現存野人，牠們的主要特徵是紅棕毛色、身材高大。中國的野人大致分佈於西藏、喜馬拉雅山、阿爾泰山、昆侖山、阿爾金山；其中新疆阿爾泰山、阿爾金山、昆侖山等地野人分佈種類最多，多達七八種。

不過，他亦不排除野人已「滅絕」。因隨著人類都市化範圍日闊，野人的生存空間正不斷收窄，恐怕只能在人口稀少的山區還有殘存，他估計全世界僅餘500至1000 個野人，中國境內則剩下200至500 個，但說不定在人類得到一個活標本前，牠們已從地球完全消失。

研究者曾為野人提出各種理論假說，其一是巨猿理論，指野人或是古巨猿的演化分支，但據世上不同目擊者的證供，野人或雪人的頭顱並不算大，可是巨猿的頭骨卻很大，因此此理論的可信性頗值得懷疑（題外話，也有些專家認為傳說中的「巨人」其實是巨猿）。也有人指野人是尼安德特人的後裔。但姑勿論何種理論，始終一日活體野人未「曝光」，一切理論永遠只屬理論，僅此而已。

創世參與者？
裸人形怪物

裸身類人型家族：巴西粉紅裸形生物・多佛惡魔・小灰人・萬吉納

　　眾多都市妖獸裡，「類人形」怪物份外惹人觸目。一來，外形上似人非人，毛管直豎的驚嚇效果特別顯注；二來，這類妖怪每令人聯想到外星生命體，相較於「純本土」的地球妖獸更具時代感，合乎潮流需求。

　　今時今日，都市傳聞的流佈與形態與過往大異其趣。昔日之「傳說」，多見於口耳相傳，鮮見圖像，有也多是目擊者的繪圖記錄；現今之傳說，多流佈於互聯網，圖像影片俱全，接觸人數與輻射地域也廣大得多。

　　就讓我們看看一宗2015年首見於網上的怪物傳說。2015年7月初，墨西哥某處屋外有異常聲音，循聲查看卻目擊一個「人形生物」在自家屋頂上窺視，牠全身赤裸，身體細長，雙臂雙腿頗長，全身皮膚粉紅色，沒有毛髮。事主以手機錄下影像，怪物被發現後迅速逃離，當地電視台將目擊視頻傳到

屋頂驚見「人形生物」全身赤裸、粉紅色肌膚！

0:53 / 1:08

網傳出現於墨西哥的赤裸粉紅人形生物。

YouTube上，引來爭議。因其特徵與大眾心目中的外星人頗為相似，許多人認定片中生物就是外星人。當地媒體報導，墨西哥是經常出現外星人和飛碟目擊案例的國家，有人懷疑墨西哥火山山區的地下有外星人基地。

　　以上，是網上描述事發經過的華文資料，正好說明何謂以訛傳訛。首先，原片段1的介紹文字為西班牙文，描述事件發生在巴西，而不是墨西哥。再者，此片沒多久已被揭破是CG（電腦動畫），更有影片詳述如何製作2。

三十多年前的經典都市傳聞：多佛惡魔

談到裸形無毛的「類人形」怪物，得數30多年前的經典個案：「多佛惡魔」。描述多佛惡魔的資料有好幾個版本，所述頗有出入。這裡綜合並簡介如下：

1977年4月21日晚上10時半左右，美國馬薩諸塞州多佛小鎮，三名青年駕車回家途中，目睹一個詭異生物。三人中的Bill Bartlett，目睹石牆附近出現一個奇怪生物。

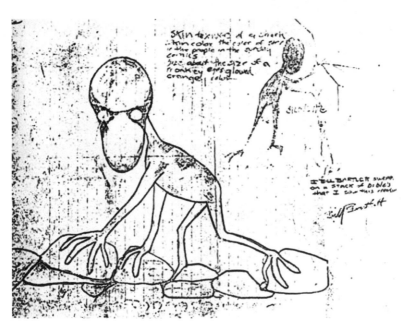

Bill Bartlett所目擊的奇怪生物（Bill Bartlett繪畫）。

John Baxter版本的多佛惡魔 (John Baxter繪畫)。

　　那生物的身體猶如嬰兒，周身無毛及禿頂，皮膚顯得異常光滑（亦有資料說皮膚粗糙），一顆大頭長在細長脖子上。牠的雙眼散發橙光，手腳修長，手掌巨大，只有四隻手指，手指細長而指尖腫大。

　　怪物僅在他視線停留幾秒鐘便失去蹤影。同行的兩人均看不到這一幕，認為Bill要不是眼花要不是瘋了。一小時後，一名15歲的青年 John Baxter 獨自步行回家，見到一隻「像猿的腦袋，明亮的綠色眼睛」的生物，他趕緊叫人來抓捕，可是回來後生物已不見了。第二天晚上，Will Taintor與Abby Brabham兩名年輕人駕車回家，Abby見到一隻怪異生物，她如此形容：「

所有的毛都脱落了，沒有頭髮，有一雙發綠光的眼睛。」

其後，Bill Bartlett把生物的模樣畫下，寄給當地雜誌社，並以小鎮名字為其命名為「多佛惡魔」（Dover Demon）。

有些人認為，此生物實際上是染病的狐狸，那種病可導致動物嚴重脹氣，身軀發脹；另一說則指該生物可能是一初生的麋鹿。

多佛惡魔的現身僅為曇花一現，其後似乎再沒有目擊個案。研究者常拿牠與外星人相提並論，指牠與一種著名的外星生物「小灰人」極為相似。

多佛惡魔與小灰人共同點

從眾多的證供中，小灰人的造形頗為一致：其身高平均僅約一米，頭部特大，眼睛又黑又大卻沒有瞳孔。具耳朵，鼻有兩個小孔，嘴巴只有一條縫，沒有嘴唇、頭髮和牙齒，指縫間長蹼，但而沒有拇指。

仔細比對一下，多佛惡魔確與小灰人頗多雷同之處：光頭、裸形、無毛、大眼、頭大身小、僅有四指……難道只是如有雷同，實屬巧合？

關於外星人，已偏離本書探討的範圍，因外星話題牽涉的個案探討、外星訊息、科學假說、政府陰謀太多太多，這年頭亦濫了些。但既討論多佛惡魔，也避不了談談小灰人的種種傳

聞，姑且聊備一說。

最有名的小灰人當然是羅茲威爾外星人，相信年過30歲的朋友對此印象深刻。以下這段是寫給年紀尚輕的讀者看的：當年，一段哄動全球的「解剖外星人紀錄片」在多個地區播放，香港已倒閉的亞洲電視台購下版權，將短短的影片剪碎拖長，製作成極冗長的多集節目，藉此增加收視率。那年頭，互聯網仍未盛行，觀眾明知搵笨，由於缺乏其他收看渠道，仍不得不乖乖坐在電視機前無耐地追看。

不少人均斷定該影片是偽做的，因為太多不合理細節，製作也太粗疏了些。然而，許多相信外星生命的人士仍堅信羅斯威爾事件屬實，那偽造影片旨在擾亂公眾視線，讓大家誤以為一切外星個案均是虛構的。

在外星生命領域的「常識」裡，外星人不止一個種族，羅斯威爾事件的主角正正是小灰人。小灰人乃在地球最活躍的外星種族之一，首次目

小灰人的經典造形 (Pixabay, CC0 Public Domain)

擊個案在1961年，之後不斷有言之鑿鑿的目擊報告，當中超過七成在美國發生。

外星生命研究者相信，小灰人來自39光年之外的網罟座，是一種智能生物，來地球是為了進行醫學實驗，所以經常綁架人類。被綁架的受害者接受催眠回溯記憶，經常勾勒出小灰人的形貌特徵。

當然也有專家唱反調，有人認為小灰人只是兒童成長期的殘留記憶，因為小灰人的臉形很像人類嬰兒時對母親的記憶，此理論稱為「母親假說」。

重申一次，外星生命的大話題，誠非本文短短篇幅所能承載和討論，還是就此打住。筆者感興趣的是：如果多佛惡魔真有其事，牠在1977年

被稱為Wandjina的澳洲原住民壁畫，位於西澳洲金伯利地區的Wunnumurra峽谷。

一案屬首次現身，還是以前也出現過？

　　從古代遺物中尋找線索，多佛惡魔的形象，可能自遠古已存在。一些雕像人偶、壁畫人物，看起來也甚為妖異。如澳洲金伯利地區具4000至5000年歷史的洞穴岩畫，繪有一種長著倒三角型腦袋，大眼睛的生物形象。將之與多佛惡魔（或小灰人）聯想起來也不為過。當地原住民相傳，壁畫所繪者是神靈，名為萬吉納，一切世間萬物，皆由祂在睡夢中所創造。

　　熟悉印度吠陀文化的朋友大抵相當震撼：這不正是「梵天一夢」嗎？

註1
原片標題：Extraterrestre Grabado 2015。
網址：https://www.YouTube.com/watch?v=rqDsKT2rgcI

註2
揭破怪物製作的影片，標題為Creacion de Extraterrestre Grabado 2015。
網址：https://www.YouTube.com/watch?v=oMn_UCQUEds

天蛾人的災難預言

鳥人家族：天蛾人·鴞人

近年「超級英雄」電影鋪天蓋地一套接一套上映，令不是美漫迷的普羅大眾也對一眾英雄認識大為加深。不過美漫史上出現過的超級英雄多如繁星，一些未曾登陸大銀幕的冷門角色，便鮮為人知。

可曾想像，如有一天，當真有奇裝異服而懂飛天遁地的傢伙出現眼前，你大概不像看電影般興奮，而是驚惶失措？尤其是，你根本不肯定那是超人、外星人抑或怪物？

讓我們先看一則離題萬丈的趣聞。據英國《每日郵報》（Daily Mail）報道，英國蘇格蘭法夫區（Fife）一間廢棄醫院，因破舊陰森，經常吸引遊人前往探險。當地一名導演布魯斯特（Lawrie Brewster）竟想出一惡作劇，安排人穿上貓頭鷹面具，扮演 "Owlman"（貓頭鷹人）潛伏於廢棄醫院內，待探險者上門，便突撲而出或從後突襲，把來人嚇得尖叫奔走！

Lawrie表示，此Owlman的靈感來自古老精靈摩洛，相傳它在廢棄醫院徘徊。

遠在大海另一端，美國都市傳說也有同名的「鴞人」（Owlman）。讀者可能對牠較陌生，但若說起「天蛾人」（Mothman），相信酷愛神秘文化的朋友立即醒一醒神。事實上，不少研究者會把天蛾人與鴞人相提並論，甚至認為牠是同一生物的不同稱呼。

筆者更聯想起美國漫畫的Owlman（夜梟）。夜梟顧名思義是以貓頭鷹（Owl）為造形藍本的角色，無疑較英國廢棄醫院版的Owlman型格得多，但說實話，假如在燈色昏暗的晚上，你碰見夜梟高速移動，真假難辨之際，焉知他是超級英雄、惡作劇嚇人傑作，抑或貨真價實的怪物？

由人扮演的Owlman潛伏於廢棄醫院大搞惡作劇（YouTube截圖）。

天蛾人真偽探討

　　還是從鼎鼎大名的天蛾人細說從頭吧。究竟什麼是天蛾人？在互聯網時代，任誰在網上鍵入關鍵詞，基本資料立即呈現眼前，天蛾人這個著名的都市傳說亦不例外。可是對稍為熟悉此案基本背景的朋友來說，現時網上相關訊息，尤其華文資料，生安白造之處實在太多了……

　　據說，早在1926年便有一名男孩及三個男人分別於美國西維珍尼亞州目擊天蛾人。但這種說法，基本上難以找到出處（或不大可信）。較為「公認」的目擊個案應該首見於1966年，話說五名男人在Clendenin公墓，看見一個褐色人形生物於樹上出現，並從他們頭頂飛越離去。其後天蛾人似乎徘徊不去，由1966年至1967年共有近百宗目擊個案，其中西維珍尼亞州的歡樂鎮（Point Pleasant）更是熱門勝地。儘管僅屬都市傳聞，歡樂鎮居民卻對故事相當受落，無他，有助促進旅遊業是也！該鎮中

畫家根據目擊者證詞所描繪的天蛾人

心更為天蛾人豎立雕像，甚至有博物館。

天蛾人如何得名？首先得形容一下：根據不同目擊者描述，牠身高超過200公分，軀幹如人，兩腿亦如人足，沒有嘴巴及耳朵，擁有如車頭燈的巨大眼睛，雙眼可發出駭人紅色光芒。全身覆蓋濃密，呈灰色、褐色或深灰色的體毛，背後長著一雙翅膀，飛行時更會發出嗡嗡的聲音。

以上是大體相同的描述，但細節上的差異才耐人尋味：

一、 翅膀質感：有指天蛾人雙翼如巨大的飛蛾翅膀；或説像蝙蝠翼，或干脆形容像鳥翼。

二、 有沒有脖子：儘管歡樂鎮的雕像，造型是有頭有頸的「人」（長著翅膀），唯據目擊證供形容的天蛾人，或説沒有頭，或説沒有頸，只得巨大雙眼長在軀幹。

三、有沒有手臂：有人説看到手臂，也有人説沒有手，上肢就是飛翼。

當時的人憑證供繪成畫像，筆者橫看豎看也不像「

位於歡樂鎮的天蛾人雕像

飛蛾」（勉強來說，兩者均沒有脖子），非常懷疑如此命名只屬權宜之計，只不過經廣泛傳，後世便沿用下來。此所以後來康沃爾莫南村出現的類似生物，便有人據特徵起命為「鴞人」（Owlman）。

從天蛾人的畫像，筆者聯想起一種上古神話中的生物，本文最後才揭露。

相傳天蛾人出現時會干擾電視訊號，目擊者或精神異常，或自殺身亡，總之沒有好下場。更甚至者天蛾人會帶來災難。譬如1967年西維珍尼亞州發生銀橋斷裂事件，引致36人死亡，由於事前天蛾人曾於附近出沒，所以有人把災難算在天蛾人頭上。相反也有人認為天蛾人只是示警或觀察，情況猶如每逢人類發生天災人禍，總有人聲稱目擊UFO一樣，好些研究者相信外星人在默默觀察人類發展歷程。

1986年，切爾諾貝爾核電廠核災震動全球，謠傳有四人見到一個巨大的黑色怪物，沒有頭顱，但有巨大翅膀和火紅雙眼。

歷來不乏創作人以此題材為藍本。如美國作家John Keel所寫小說《The Mothman Prophecies》，後來改編成同名電影。

但真正值得留意的是美國作家格雷巴克斯（Gray Barker），有說他於1970年所寫的著作「銀橋」（The Silver Bridge），一本把現實與幻想混合一起的虛擬報告文學，才是

一切謠言的源頭。

可是,明明1966年便有聲稱目擊案例,那又是什麼一回事?據一個名為超自然現象科學調查委員會(CSICOP)的調查員Joe Nickell於2002年發表的調查報告指出,歡樂鎮的天蛾人傳說,源於一名男子身穿著萬聖節戲服,隱藏在廢棄彈藥庫嚇人。由於廢棄建築物棲息著貓頭鷹,令被嚇者產生錯視幻覺。

此說是真是假實在難言。唯網上流傳中國也有天蛾人目擊個案,筆者覺得至為莫名其妙。謠傳說,在1926年,東南山脈附近的關帝水庫突然潰堤,災難死亡人數高達萬五人。有生還者表示在水壩坍塌前見到像人又像龍的黑色形體出現。

姑勿論目擊孰真孰假,既然證供指怪物「像人又像龍」,頂多稱為「龍人」吧,不知何故與天蛾人扯上關係。唯一可比之處是這些奇異生物目擊個案同樣發生於「大災難」之前吧。

《The Mothman Prophecies》劇照。

鴞人的出沒地帶

相比天蛾人，鴞人低乎低調得多。鴞人，據傳首現於1976年5月康沃爾莫南村，由於造型與天蛾人頗多雷同，故研究者不時把兩者提並論。

故事由男醫生米爾林的兩個女兒開始。12歲的June Melling和九歲的Vicky Melling來到莫南教堂，在附近樹林散步時，見到一隻長著大翅膀的生物，盤旋在教堂塔頂。兩個小女孩嚇壞了，馬上回去告訴父親。當時米爾林立即帶女兒離去，並不讓女兒接受採訪，但June為自己所見繪下畫像。

兩個月後，14歲的莎莉查普曼跟朋友芭芭拉佩里，在露營時同樣來到教堂附近的森林。她們同樣看見像貓頭鷹但壯碩得多，擁有尖耳朵和發紅眼睛的生物。少女稱生物飛到天空，露出鉗子般的黑色爪子。這次的目擊在翌日受當地報章報道。

兩年後的1978年6月和8月，教堂附近亦出現兩次目擊紀錄。直到1989年及1995年，當地仍有人聲稱見到約五英尺高，有一張可怕的臉，大嘴巴及尖耳朵，眼睛泛光，並有帶爪子翅膀的生物。

把天蛾人與鴞人相提並論可謂非常合理，從目擊者大同小異的證詞來看，兩者的特徵頗為一致。

無論天蛾人或鴞人，坊間描繪牠主要有兩種造形：一種有頭有頸，恰如一個長了雙翼的「人」，仿如美國漫畫的夜梟；

另一種則不見頭部，大眼睛長在身軀處。

　　對於後者，筆者聯想起一種出沒於埃及、美索不達米亞、希臘、中華上古神話的生物，牠是「人面鳥」！話說回來，鴉人，顧名思義，本來就是一種人面之鳥！

　　歷來不相信UMA（Unidentified Mysterious Animal，未確認生物體）的人，每以「貓頭鷹」來為天蛾人和鴉人作解釋，指目擊者見到的其實是巨型貓頭鷹。無獨有偶，某些神話學者亦把貓頭鷹視作人面鳥的原型。究竟是古今中外的人見到貓頭鷹皆產生幻覺以為遇妖，抑或所謂專家在強作解人？

多位目擊者事後把鴉人的外觀繪畫下來。

無頭人與刑天

有些目擊者聲言天蛾人沒有頭。說起沒有頭的怪物，原來東、西方的文獻均可見到蹤影。古羅馬學者普林尼的《自然史》記載了一種無頭人（Blemmyes），傳說他沒有頭，五官就長在胸部上，居於古羅馬時代的北非撒哈拉沙漠。

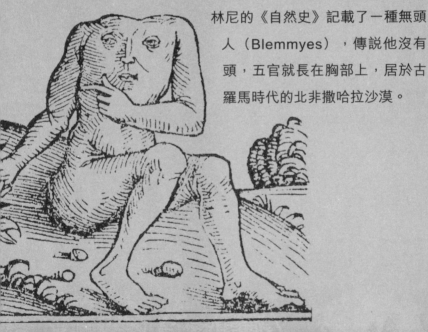

　　東方的無頭人代表是刑天。相傳祂和黃帝爭位，天
帝砍斷他的頭，將其葬於常羊山。想不到刑天竟然用兩
乳為雙目，用肚臍作口，還操持干戚來舞動。《山海
經‧海外西經》載：刑天與帝至此爭神，帝斷其首，葬
之常羊之山。乃以乳為目，以臍為口，操干戚以舞。

檔案2
半人半獸

人面鳥
運送靈魂的使者

人面鳥家族：人面鳥・哈比・巴・蠍人・迦樓羅・妙音鳥・禺虢・弇茲・禺強・句芒・顒・九鳳・五色之鳥・鳧徯、竦斯、讙頭、橐䨲、鶹鷜

　　半人半獸可謂妖獸世界的一大勢力，其中有一種妖獸，從四大文明古國均可窺見蹤影，那就是人面鳥。

　　希臘神話的怪物哈比（Harpy，又稱哈耳庇厄Harpyien），被描寫為形貌醜陋，渾身惡臭，具有鋒利鈎爪兼刀槍不入的女面鷹。

　　中國人常說「天機不可泄漏」，此規矩在古希臘同樣適用。話說色雷斯國王菲紐斯擅長預言，敗在天機泄露太多，惹怒了眾神之首宙斯。宙斯流放他到荒島上長年獨居，菲紐斯飢餓不堪，最慘是眼前盡是豐富食物，偏偏每當想進食，哈比便以極速從山上俯衝而下，掠奪美食，然後往剩下的食物上排便，讓菲紐斯看得吃不得。這故事與佛教的餓鬼道實有異曲同工之妙。

上古文明的妖獸常客人面鳥。(圖：shutterstock)

希臘人面鳥

　　中世紀後，哈比演變為男首鳥身，搖身一變為魔鬼的幫手，專門奪取世人靈魂。其實，哈比本為古老神祇，祂是提風（Typhon）和愛奇德娜（Echinda）的四位女兒：Aello、Celaeno、Okypete與Podarge的泛稱，原是風之精靈，冥王哈蒂斯的傳令者，掌管旋風，並負責靈魂送往冥界。學者估計，祂的地位後來被奧林匹克諸神所取代，才變成人面鷹身的女妖。

而在奧德修斯故事中，主角與水手所遇到賽蓮(Sirens)，起初也有不同形象，分別是美人魚與半人半鳥的模樣。

希臘的人面鳥哈比原是負責運送靈魂的神，湊巧的是，埃及的人面鳥，亦與靈魂有密不可分的關係。

1642年博洛尼亞出版的《Ulisse Aldrovandi's Monstrorum Historia》裡的哈比插圖。

埃及人面鳥

古埃及人認為，人的靈魂有三類：卡(Ka)、巴(Ba)、阿克(Akh)，三者與肉體並存，擁有永恆不滅的性質。古埃及人觀念裡，死亡並非盡頭，而是另一段新生命的開端。人死後，卡與巴皆會離開軀體，遁入地府。夜色濃罩時，太陽神拉(Ra)回

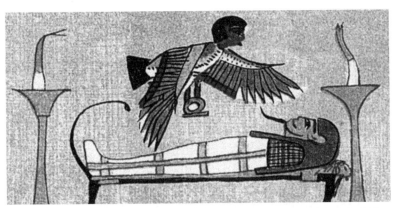

從古代城市阿尼出土的莎草紙，紙上描繪人面鳥巴(Ba)尋找死者軀體的過程。（圖：Wikimedia commons）

到地府，巴便以人面鳥身的姿態遨遊。如巴成功找到卡，二靈合起來便是阿克，當它尋回人的精神所在，死者便可望復活。

　　人面鳥，總與靈魂和永生主題千絲萬縷。美索不達米亞、巴比倫神話有種生物，叫蠍人（Girtablulu），曾在《基加美修史詩》登場。該史詩記述蘇美王朝英雄基加美修(Gilgamesh)的經歷：加美修斯目睹好友死去，擔心自己有朝一日步其後塵，便決意前往冥府。路途中，他抵達馬舒山(Mashu)，冥府之門正位處山中。門前他遇到蠍人夫婦，原來他倆是守門人。蠍人原想攔阻，但基加美修本身亦是半人半神之驅，遂得以通行。

　　那麼，蠍人與人面鳥有何關係？一幅亞述年代的畫作給予大家答案。畫中的蠍人為人首、鳥腳、有翼，活脫脫是人面鳥，唯一差異者是牠長著一條蠍子尾。

亞述凹版畫描繪的蠍人。

佛教有一種名為 「迦陵頻伽」(梵語Kalavinka)的妙音鳥，同樣是人面鳥，佛教經典每以其鳴聲譬喻佛菩薩之妙音。牠居於極樂淨土，在淨土曼荼羅以人頭鳥身形貌示人。

《阿彌陀經》記載，妙音鳥和共命鳥同樣住在極樂淨土，牠們並非受報而轉生，而是阿彌陀佛欲借妙音傳法化生而成。換言之，如果說迦樓羅是神鳥，迦陵頻伽則稱為佛鳥也不為過。

中華人面鳥

人面鳥在中華神話更是常客，單是《山海經》所載的人面鳥已逾十種！其中東海、西海、北海的海神皆是「人面鳥身」，祂們分別是禺䝞、弇茲與禺強，其共同特徵是珥兩蛇（據考古發現，珥蛇是指戴著蛇形耳墜）及踐乘兩蛇。而木神句芒更威風，古籍言明祂「乘兩龍」[1]。

印度神話與佛教皆見蹤跡的妙音鳥。(圖:Wikimedia Commons)

如果把禺虢、弇茲、禺強、句芒與印度的迦樓羅對照，可得出非常有趣的現象，就是這些人面鳥均對蛇（或龍）毫不客氣，金翅鳥以蛇為食，中國人面鳥則以蛇為座騎，彼此似乎大有淵源。

另外，如顒、九鳳、五色之鳥、鳬徯、竦斯、謹頭、橐𩇯、鴛鴒，皆是人面鳥。《山海經》記載了大量奇珍異獸，唯人面鳥出現頻率之高教人滿腹疑團。或許有人認為它滿紙荒唐不值一談，但文史學術界卻曉有深意地嘗試為這部奇經賦予解釋。人面鳥在上古先民之間地位尊崇，主流學術界這樣解釋：鳥類能夠飛翔，初民想像鳥為神祇使者，能傳遞天界訊息，故成為人類神化對象。

如此解釋，能否解答何以天南地北的古國皆出現幾乎一模一樣的神獸/妖怪造形，老套一句見仁見智，信不信由你。

眾多人面鳥中，五色之鳥與鳬徯頗值得再發掘一下。古書記載，五色之鳥在哪個國家聚集，那國就會滅亡；而鳬徯出現，將有兵災發生。[2]

《山海經》中的顒。

還記得在「天蛾人與鵋人」一文提及，天蛾人（或鵋人）總是在大型災難前夕出現？似乎鵋人、五色之鳥、鳧徯這幾種「人面鳥」，均有相似的習性。是嗜血，還是示警？抑或有如希臘的哈比和埃及的巴，牠們現身災場，是為了把人類的靈魂帶往冥界？

註1：
《山海經.大荒東經》：「東海之渚中，有神，人面鳥身，珥兩黃蛇，踐兩黃蛇，名曰禺虢。」
《大荒西經》：「西海陼中，有神人面鳥身，珥兩青蛇，踐兩赤蛇，名曰弇茲。」
《山海經·大荒北經》：「北海之渚中，有神，人面鳥身，珥兩青蛇踐兩赤蛇，名曰禺強。」
《山海經·海外東經》：「東方句芒，鳥身人面，乘兩龍」郭璞注：「木神也」

註2：
《山海經·海外東經》：有玄丹之山。有五色之鳥，人面有髮。爰有青鴍、黃鶩、青鳥、黃鳥，其所集者其國亡。
《山海經·西山經》：又西二百裡，曰鹿台山，其上多白玉，其下多銀，其獸多牦牛、羬羊、白豪。有鳥焉，其狀如雄雞而人面，鳧徯，其鳴自叫也，見則有兵。

檔案解密

另一種半人半鳥：
鳥面人身神

除了人面鳥身，異獸世界尚有另一種半人半鳥的生物，牠們剛好與人面鳥相反，長著鳥面或鳥頭，卻擁有人的軀體。

看過埃及壁畫的朋友想必見過，古埃及神時以鳥頭人身的形象出現。如古埃及的天空之神、王權守護神霍魯斯，便是鷹頭人身；而智慧之神圖特，則是朱鷺頭人身。

前文提及，《山海經》的東南西北各方位幾乎都有人面鳥的蹤跡。奇妙的是，《山海經·海內經》也記載一種鳥首人身的「鳥氏」。可惜原文僅得寥寥幾句：「有鹽長之國。有人焉鳥首，名曰鳥氏。」我們僅知道牠

居於鹽長之國，是長有鳥頭的人，其餘特徵身世均一概不知。

　　反而到了宋朝，西安突然出現了「雞頭人身」的怪物。這段故事載於《宋史‧五行志》：話說宋乾道六年，西安從空中飄降一個雞頭人身的怪人，他約一丈多高，還試圖與當地人交談。

　　印度史詩神話的迦樓羅（金翅鳥），則拉風得多，享有永生不死的神力。藝術表現上，迦樓羅每描繪為鳥面人身或全鳥的形象。

　　迦葉波仙人娶迦德盧與毗娜達為妻。迦德盧生眾蛇（那伽，或譯龍眾），毗娜達生阿

另一種半人半鳥，埃及智慧之神圖特。

嚕那（黎明神）與迦樓羅。毗娜達因與迦德盧打賭輸了而淪為奴隸，不久她的孩子迦樓羅降生，出生時火光沖天，連眾神與仙人也驚懼。

後來眾神得知金翅鳥出世，紛紛前來讚頌。迦樓羅為了擺脫母親是奴隸的地位，奪取天神至寶不死甘露送給眾蛇以換取自由。金翅鳥威力非凡，眾神皆不敵，神王因陀羅全力一擊，也只能打掉一根鳥毛。奪得甘露的歸途中，迦樓羅與毗濕奴相遇，毗濕奴與之協議，祂賜金翅鳥為坐騎，金翅鳥則從此不喝甘露也永生不死，並世世代代以蛇為食物。

美人魚的眼淚

人魚家族：賽倫・人魚・氐人・鮫人・赤蠕

　　周星馳執導的《美人魚》票房在大陸直迫30億，成績斐然。儘管叫座，「叫好」似乎並未同步，坊間評語大抵好壞參半。然而奇怪的是，即使影片大收，「美人魚」這種傳說中的生物卻未因此受炒熱，相關探討的報道及節目寥寥可數。

紀錄片變都市傳說

　　反觀幾年前Discovery台「動物星球頻道」（Animal Planet）一齣偽紀錄片，曾在外國掀起一陣美人魚熱。那套影片名為〈真實美人魚：科學的假設〉，內容如此這般：

　　「1997年，美國海洋暨大氣總署（NOAA）的科學家在太平洋錄到一種神秘的聲音，經過海洋專家的辨識，這個聲音是由一種不知名的海洋生物所發出；2004年華盛頓州兩名男孩拍到一種不像鯨魚的生物，畫面到現在仍無法對外公佈。之後，

人魚傳説，總令人產生無限幻想。（圖：Pixabay）

南非科學家在大白鯊肚子中，發現了不知名的動物屍體，經過檢驗拼湊重建這個動物的頭骨後，科學家推論出驚人的結論：這種海洋生物與人類有血緣關系，相當可能就是人魚，他們大眼、隆額的面貌特徵很像電影《阿凡達》中的納美人。」

影片出街後，無數民眾紛紛詢問孰真孰假（老外往往很天真）。其實，片中的頭尾曾曇花一現式註明那並非真實事件，但依然引極大迴響，直至NOAA出聲明否認世上存在這種生物，事件才告平息。

有趣的是，片中為美人魚真相從未公諸於世，提出了一個陰謀論：「無論是南非或美國政府都知道一切，並且極力掩蓋真相，更沒收了科學家們辛苦調查的資料及所有證據，至於他們企圖為何無人得知，但有一點可以確定的是，幾乎所有大規模海洋生物擱淺事件當中，似乎都與政府的聲納武器測試有所關聯。」於是令整件事更疑幻疑真，騙倒了不少人。

　　筆者挖此舊事來講，有何意義？這就要細說從頭了⋯⋯

〈真實美人魚：科學的假設〉劇照。

深入民心的安徒生童話

　　話說上半身為美女、下半身為魚這種生物（mermaid、sea-maid或sea-maiden）形象，之所以在西方國家為人熟知，皆因安徒生一則淒美的童話深入民心：人魚公主戀上人間王子，央求女巫助她達成心願，女巫為她變出一雙腿，條件是若王子與別人成婚，人魚公主便會化為泡沫。然而王子根本不認得人魚公主，更要與一女子結婚。公主的姊妹向女巫求情，女巫便著人魚用匕首刺死王子，才能解開魔咒。但人魚公主根本不忍心傷害王子，最後便化為泡沫，往雲彩深處飄去.....

　　故事很動人對不對？安徒生描寫美人魚，並非憑空創作，而是有其所本。西方不少民族一向流傳有人魚的傳說，而且源遠流長。古羅馬作家普林尼（公元24年-公元79年）的著作《自然史》中便提及人魚：美人魚也叫做尼厄麗德，這並非難以置信……她們是真實的，祇不過身體粗糙，遍體有鱗，甚至像女人

相傳美人魚會引起船難。（圖：Arthur Rackham（1867 -1939））

的那些部位也有鱗片。」

民間傳說裡，最出名的美人魚故事，要數德國的羅蕾萊（Lorelei）傳說。這條羅蕾萊出沒於萊茵河畔，每逢天色幽暗的日子便會出現，以冷艷美貌及魅惑歌聲來迷住船員或漁夫，引起船難。

海妖賽蓮的形象

這則傳說的本源，很可能來自希臘神話中的海妖賽蓮（Siren）。賽蓮總是於狂風暴雨之際，在海岸用動人歌聲媚惑水手，使他們不由自主把船駛向礁石，船毀人亡。希臘英雄奧德賽航經該海域，聽從女巫的提議，令船員塞住耳朵，自己則緊緊綁在船桅上，以免受到魅惑而發狂。

賽蓮的形象有幾種，分別是「半人半魚」及「半人半鳥」。有些學者相信賽蓮由14世紀後半葉才被視為人魚，之前都是半人半鳥。但實情並不是如此簡單。據幾本於14世紀前出版的著作，早已明言賽蓮是腰部以上為女人，下半身為魚的尾部[1]。

究竟這是一時一地人民的幻想，還是空穴來風未無因？要知道，人魚傳說在全球範圍眾多民族中都有流傳，若然是虛構也是一種「上古先民集體創作」。

善良的鮫人

以中華為例，古籍中不乏類似人魚的記載。其中一種是「鮫人」。《楚辭》、《淮南子》、《述異記》、《搜神記》、《水經注》、《博物志》等均有蛟魚（或鮫魚）、鯪魚、鮫人等的記載[2]。其中《太平御覽》記載：人魚從水中出玩，住在人家多日，眼見米缸空空如也，主人要去賣綃紗，人魚便索一器皿，悲泣淚下，眼淚化為珠子裝滿一盤來贈給主人[3]。

這位鮫人非常善良，其眼淚滴下便是珍珠，離別時更以此贈送主人。她的慈心與安徒生的人魚公主可堪比較。

說中華人魚有腳，並不盡然。如圖中徐州十里鋪漢墓畫像石，這人魚便明顯沒有腳，與西方的人魚如出一轍。

有些學者強調中國的人魚不同西方的人魚，皆因中國的人魚有手有足，並以《山海經》為據[4]。的確，經中的這種「人魚」有手有足，比較像西方奇幻文學中的「魚人」（外形為人形，但魚臉及渾身長鱗）。不過，《山海經》另記載有「赤鱬」及氐人，這兩種生物是人面魚身，並講明是沒有雙腿的[5]！

宋代徐鉉在《稽神錄》也說：有人見到一位女子於水中出沒，她腰以下為魚形，看清楚才發現竟是人魚。

回說剛才提及的希臘神話。原來中華也有非常類似的記載：

清嘉慶年間新安知縣舒懋官主修的著作《新安縣志》卷三《物產志》說：「人魚長六七尺，體發牝牡如人，惟背有短鬣微紅……雌者為海女，能媚人，舶行遇者必襄解之。諺云，毋逢海女，毋見人魚。比蓋魚而妖者。」這段話所描述的「海女」，根本與希臘神話的賽蓮極度相似。難道傳說由域外傳入，又或一切皆是巧合？

然而考古發現，西安半坡村遺址和臨潼姜寨遺址曾出土人面魚紋，可證人魚之說古已有之，源遠流長。

日本民間傳說也有人魚，名叫磯姬。她同樣下半身為魚形，臉卻醜惡得多：口裂至耳，牙尖銳，頭上長著鹿角。每逢風浪大作，她便於岸邊岩石乘浪襲擊途人，將人頭扭轉殺害。

歷來坊間皆有「發現美人魚」的事跡，是真是假當然難以

稽考，或許正如〈真實美人魚：科學的假設〉所假設，真相全部已給政府湮沒了……

註1：
6世紀的《不同種類之怪獸書》（Liber monstrorum de diversis generibus）説:塞蓮由頭至肚臍為女人，但有帶鱗片的魚尾。
12世紀菲利普（Philippe de Thaun）《動物故事寓言集》（Bestiaire）説：塞蓮腰部以上為女人，有隼的爪，與魚的尾部。
12世紀《牛津動物故事寓言集》（Bestiairio de Oxford）：上半身是人，下半身是魚。
13世紀皮耶(Pierre de Beauvais)《動物故事寓言集》(Le Bestiaire)紀錄了三種塞蓮，其中兩種都是人魚，剩下一種是一半女人，一半是鳥。
13世紀的《高蘇昂大師的世界印象》（L' Image du Monde de Maitre Gossouin, Redacttion en prose）：塞蓮是肚臍以上有髮辮的女人，肚臍以下是魚，還有鳥的翅膀。

註2：
晉朝干寶《搜神記》卷十二記：「南海之外，有鮫人，水居如魚，不廢織績，其眼泣，則能出珠。」
《述異記》説：「蛟人即泉先也，又名泉客。南海出蛟綃紗，泉先潛織，一名龍紗，其價百餘金，以為入水不濡。南海有龍綃宮，泉先織綃之處，綃有白之如霜者。」

註3：
《太平御覽》引《博物志》云「鮫人從水出，寓人家，織日賣絹。將去，從主人索一器，泣而成珠滿盤，以與主人。」

註4
例如《北山經》記載：又東北二百裡，日龍侯之山，無草木，多金玉。決決之水出焉，而東流注於河。其中多人魚，其狀如鯑魚，四足，其音如嬰兒，食之無痴疾。

註5：
《南山經》：其中多赤鱬，其狀如魚而人面，其音如鴛鴦，食之不疥。
《海外南經》氐人國在建木西，其為人人面而魚身，無足。郭璞注日：盡胸以上人，胸以下魚也。

龍人幻變

龍人家族：雷神‧女媧‧伏羲‧那伽‧男龍人zmey‧女龍人Lamya‧天龍星人DRACO

　　奇幻文學及動漫遊戲中，龍人，即半龍半人的混合體或混血兒，可謂熱門的人設。這種造型的角色，並非什麼嶄新設計，從古到今屢見不鮮。

　　《西遊記》裡，悟空、八戒、沙僧這幾隻妖怪，全都以人形的姿態現身。古今中外的神、仙、妖、怪林林總總的傳說裡，莫不有異物化為人形的故事。《西遊記》的龍王，雖已修煉成仙（龍人），卻被悟空欺負得死死的，一點也不威風。

　　明代徐道《歷代神仙通鑒》卷十五稱東海龍王為敖廣，南海龍王為敖潤，西海龍王為敖欽，北海龍王為敖順。祂們一早已修煉有成，較悟空這得道初哥，理應一點也不輸蝕。可是祂們慘被邊緣化，只擔當行行企企的閒角，「龍精」不如「猴精」，真是情何以堪。

半龍半人向來是奇幻作品的重要題材。（圖：Pixabay,CC0 Public Domain）

曝光率高的龍人

在上古華夏，龍人的蹤跡屢現，祂們有的人身龍首，也有龍身人頭、龍身人面，不一而足。如《山海經》便處處可見龍人的身影：

《山海經‧東山經》記載：凡東山經之首，其神狀皆人身龍首。

《山海經‧海內東經》記載：雷澤中有雷神，龍身而人頭。

《山海經‧中山經》記載：凡首陽山之首，其神狀皆龍身而人面。

台南赤嵌樓四海龍王圖。

《山海經·南山經》記載：其神皆龍身而人面。

我們知道，《山海經》是一本古代異物誌，當中充滿無數怪物，看來似乎盡是幻想產物；但其實，箇中不少奇花異卉的記載，今天已得到證實。而龍人，據書中所載，似乎在不同地區皆可見到，反而赫赫有名的「應龍」卻神龍見首不見尾般僅出現一次。這有什麼玄機？

講到古華夏身份最神秘的龍人，當然得數以人首龍身交纏姿態示人的「伏羲女媧圖」。

可能有人疑惑：怎樣區分那是人首蛇身，還是人首龍身？

的確，如果單談女媧，大部分記載均明指是「人首蛇身」

。如《山海經·大荒西經》郭璞注：「女媧，古神女而帝者，人面蛇身，一日中七十變」；《楚辭·天問》王逸注：「傳言女媧人頭蛇身，一日七十化」。

但若再看伏羲，事情就更撲索迷離。話說伏羲的母親叫「華胥」，《太平禦覽》說華胥踩到一個神秘的大腳印而誕下伏羲（原文：大跡出雷澤，華胥履之，生伏羲），再參看《山海經·海內東經》的說法：「雷澤中有雷神，龍身而人頭，鼓其腹。」原來華胥氏因一位龍身人頭的雷神而懷孕的，因此她的兒子伏羲不折不扣是「龍種」。

再看《左傳昭公十七年》載：太皞氏以龍紀，故為龍師而龍名。（杜預注：太皞伏羲氏，風姓之祖也，有龍瑞，故以龍命官）足見伏羲與其族人與「龍」的關係何等密切。

《山海經》的計蒙是龍首人身的生命體。

當人首蛇身的女媧與人首龍身的伏羲交纏結合，這意味什麼？莫非暗示華夏人是龍蛇混集的混血兒？

　　人面蛇身龍紋，最早於黃河上游的廟底溝文化（西元前約4000年至西元前3300年之間）出土的彩陶瓶上，為漢唐的人面龍／蛇身神話找到源頭，足見此種概念很早已植根在先民心中。

　　在中華的鄰國印度，其神話生物龍王那伽，不僅具有神奇力量，亦能夠幻變為人形，或以人首龍身的形像顯現，與中國的如出一轍。此外，西王母在一些古畫上，有時也出現人首龍／蛇身的造形。

東歐的龍人

　　但龍人並非東方民族的專利。事緣在斯拉夫語地區（大約東起烏克蘭與保加利亞，西至俄羅斯西部），當地人普遍流傳一種稱為「Zmey」、「Zmij」或「Zmay」的龍。東歐人視Zemy為人類的守護者，通常是有智慧而善良的雄龍（另有一種稱為Lamya的雌性惡龍），不過也有「女龍人」的例外情

伏羲女媧圖。

況。

　　Zmey是一種具備龍特徵的人形生物，在羅馬尼亞的民間傳說中，Zmey甚至能吸引異性，想必外貌不差。他們善戰也喜歡徒手肉搏戰，不過有些故事中，龍人也會慘敗於人類的勇士手下。

　　加拿大一位地質學者兼古生物學者 Dale Russell 曾提出一個假說：倘若恐龍沒有滅亡，在漫長歲月裡進化成人，會變成什麼樣子？結果他模擬了一種「類恐龍人」（Dinosauroid）的生物。

　　相信外星訊息的人士，或者聽過在芸芸外星種族中，有一種名為天龍星人（DRACO），他們是爬蟲類外星人，但外觀跟一般爬蟲類星人有異。另一說則指天龍星人模樣非常肖似有翼的龍，他們大部份生活在地下。

加拿大古生物學者Dale Russell提出類恐龍人假說。

檔案3
上古神獸

為患人間的九頭蛇

九頭蛇‧九頭龍‧阿吉塔哈卡‧大紅龍‧那伽‧八岐大蛇‧相柳‧雄虺

　　九頭蛇或九頭龍，在大銀幕上屢現蹤影。電影《波西傑克森：神火之賊》中，神廟裡的守衛是九頭蛇；《戰神：海格力斯》中，主角也要惡戰九頭蛇。超級英雄電影《美國隊長》系列，雖然不曾出現什麼怪物，但反派組織正正是九頭蛇（Hydra）。其實，這頭大名鼎鼎的怪物，早於神話時代已非常活躍。

希臘的九頭蛇

　　西方的九頭龍/蛇 (Hydra) 源出希臘神話。話說大地母神蓋婭從自身孿生出優拉諾斯（Uranus，天空之神），然後又生下提風（Typhon）與愛奇德娜（Echidna）。提風擁有100個頭，愛奇德娜則半人半蛇，九頭蛇乃是提風與愛奇德交配所誕下的，因此同時具備「多頭」與「蛇」的特質。

英雄大戰九頭蛇，是全球神話的常見主題。（圖：Pixabay, CC0 Public Domain）

　　希臘神話的九頭蛇，最中間的蛇頭近乎刀槍不入，餘下眾頭即使給砍下，亦可再生；其呼吸有毒，可致人於死。英雄海格力斯受命於國王要完成12項任務，誅殺九頭蛇是第二件。此怪長年盤踞於南希臘的沼澤區勒爾那（Lerna），每爬上岸損害牲畜莊稼，由於牠非常兇悍，常人奈何不得。海格力斯與侄兒伊俄拉俄斯一同前往斬妖除害，海格力斯掄起木棒使勁攻擊九頭蛇，可是剛打碎一個頭，馬上又長出一個。後來伊俄拉俄斯上前增援，以火攻新生蛇頭，阻止其長大，海格力斯趁機斬下中間那顆頭，才得以為民除害。

在這裡提出兩個疑問：第一，Hydra究竟長著多少個頭？第二，牠究竟是九頭蛇抑或九頭龍？

如果考究全球不同神話的多頭蛇／龍異獸，幾乎可以肯定，這家族的成員，九頭有之、七頭有之、六頭有之、三頭有之，倒不獨以九頭為尊！不過，希臘神話那頭住在勒爾那的星級怪獸，有多少個腦袋卻是眾說紛紜。

據稱現存最古老的Hydra文字記載，來自赫西俄德的神譜；文物方面，而在一對公元前700年的青銅扣針上，亦可見到牠的圖像。雖然銅器上的Hydra只得六頭，到了約公元前600年，詩人Alcaeus形容此怪物為九頭，這大抵是「九頭蛇」之名盛行於世的起源。

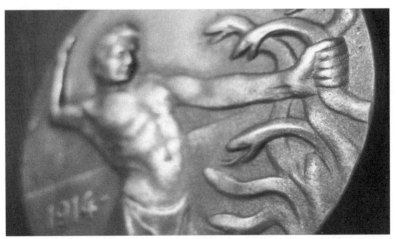

一枚1914年勳章上，描繪了海格力斯大戰九頭蛇的場面。（圖：Wikimedia Commons）

　　至於牠是龍還是蛇，其實在神話與怪物學的領域中，龍與蛇從來不易作簡單區分，大抵可視為同一品屬的異獸。這方面，本書第四章再作詳細討論。

七頭蛇與三頭蛇

　　古代近東民族，蘇美爾、巴比倫及亞述流傳一個近似的神話：話說在母神與叛神恩奇的一場神族大戰中，母神陣營的「欽古」率領11頭新生怪物攻伐恩奇，當中便有一隻怪物是七頭蛇。一些神話學者相信，這七頭蛇神話流傳於外，慢慢演變成希臘的九頭蛇Hydra。

　　與勒爾那九頭蛇同樣「年代久遠」的，是3000多年前的瑣羅亞斯德教（祆教），經典《波斯古經》所記載的三頭蛇「阿吉塔哈卡」（Azi Dahaka），由於「阿吉」意指龍或蛇，所以又稱為「塔哈卡龍」。這頭阿吉塔哈卡乃邪神安格拉曼紐（Angra Mainyu）之子，擁有三頭（代表痛、苦、死）、三口、三爪、六眼，翅膀能遮天蔽地，體內充滿蛇蠍毒蟲，還可施放魔法，為害人間。

公元前346年的陶瓷瓶上繪有Hydra，蛇頭剛好是九顆。

傳說牠與諸神激戰後，為英雄帝濤納（Thraetaona）擊敗，囚禁在德馬峰（Demavend）的深處。末日時，阿吉塔哈卡將衝破禁制，世上將近三分之一生靈塗炭，直至英雄柯剌薩（Kere saspa）挺身誅殺此劫方解。

哥斯拉電影系列中，王者基多拉（キングギドラ）正正是一隻三頭龍，大抵是參考九頭龍或阿吉塔哈卡神話而創作出來。

另一隻大名鼎鼎的多頭怪物自然要數到《聖經》提及的「大紅龍」。據《啟示錄12》記載：「天上又現出異象來：有一條大紅龍，七頭十角；七頭上戴著七個冠冕。他的尾巴拖拉著天上星辰的三分之一……在天上就有了爭戰。米迦勒同他的使者與龍爭戰，龍也同他的使者去爭戰，並沒有得勝，天上再沒有他們的地方。 大龍就是那古蛇，名叫魔鬼，又叫撒但，是迷惑普天下的。」原來七頭蛇竟是魔鬼的化身。

三頭蛇代表痛、苦、死。（圖：Pixabay, CC0 Public Domain）

龍王那伽與吳哥九頭蛇

　　印度教、佛教、耆那教、婆羅門教的多頭怪那伽
（Nāga），身如巨蛇，頭的數目卻變化不定。如《佛母大孔
雀明王經》云：「龍王或行地上，常居空中，恆依妙高山或水
中。或有一首、二頭，乃至多頭之龍王，或有無足、二足、四
足，乃至多足之龍王。」較常見之造形是七頭巨蛇，各頭均呈眼
鏡蛇王模樣。譬如吳哥窟便有七頭巨蛇雕像鎮守於入口處。

　　相傳吳哥王朝（公元802年~1431年）國王是九頭蛇的後
裔，古蹟「空中宮殿」金塔，
是吳哥國王與九頭蛇精翻雲覆
雨的寢宮。這一則傳說，竟然
在中華的文獻找到記錄。清陳
元龍《格致鏡原》引《鳥獸
考》記載：「真臘王宮之中有
金塔，王夜則臥其上。土人皆
謂塔之中有九頭蛇精，乃一國
之土地主也。」（原出於元代
周達觀《真臘風土記》）證明
此東南亞的傳說連中華人士也
有所聞。

柬埔寨金邊皇宮的七頭龍王那伽雕像。

日本九頭龍與八岐大蛇

　　日本各地都有「九頭龍」的傳說與信仰，譬如福井縣九頭龍川、千葉縣鬼淚山、長野縣北部戶隱神社，皆供奉九頭龍。其中位於神奈川縣箱根的九頭龍神社更流傳一則人龍鬥法的故事：傳說早在奈良時代以前，箱根的蘆之湖裡住著一條九頭龍，村民每年得獻上一年輕女性當祭品。一名高僧知悉此事，出面與九頭龍交涉，

　　一開始九頭龍無視僧侶，僧侶唯有以佛力將其定住，不住誦經說法，終令九頭龍屈服，答應以三斗三升三合三杓的紅豆飯代替活人獻祭。後來僧侶把九頭龍供奉於神社之中，成為守護神。

箱根神社的九頭龍。（圖：PIXTA）

　　東瀛九頭龍信仰源頭何來？可能是外來傳入的，也可能源自日本古神話的八岐大蛇（《日本書紀》寫作「八岐大蛇」；《古事記》寫作「八俣遠呂智」）。話說八岐大蛇是日本上古神獸，身具八頭八尾，眼睛如漿果般鮮紅，八頭分別代表「魂、鬼、惡、妖、魔、屠、靈、死」八種幻靈，牠曾經歷長達五百年的上古神獸之戰，後來被九尾狐擊敗，被迫蟄伏出雲國，每年吞噬一少女來補充元氣。

　　神祇須佐之男命（祂是日本天皇始祖「天照大神」之弟）下凡到出雲國境，偶遇一對老翁老婦，正在悲泣痛哭。須佐之男命問何故，原來老夫婦共有八個女兒，當中七位已慘遭八岐大蛇吃掉，眼看最後一個也難逃厄運，豈能不悲戚？

　　須佐之男命望著這家人唯一的女兒奇稻田姬，深深為其美貌所著迷，便答應誅滅八岐大蛇，並迎娶奇稻田姬。他命老翁釀造香濃烈酒，又築起圍牆，牆上鑿穿八洞，洞前各自放置裝滿烈酒的酒桶。不久，愛喝酒的八岐大蛇果然為酒香所誘，八個頭分別穿過洞口鑽入桶裡飲酒，不一會便酒醉倒地，昏昏睡去。須佐之男命趁機以佩劍「十拳劍」將大蛇的八個頭逐一割去，然後又依次斬掉八條尾巴。豈知斬至最後一尾時，十拳劍竟然崩裂，將尾巴剖開方發現一柄寶劍，那就是日本著名「三神器」之一的天叢雲劍（草薙劍）。

中華九頭蛇相柳

　　日本彼岸，中華亦有九頭蛇之說。《山海經·海外北經》記載一隻長著人面的九頭蛇怪，名為「相柳」（相柳者，九首人面，蛇身面青）。這相柳是水神共工的臣子，身體極其龐大，所經之處皆成汪洋沼澤。後來大禹治水，便把相柳殺掉了。這種九頭怪物在古人之間口耳相傳，詩人屈原（公元前352年281年）就曾在《天問》詠嘆「雄虺九首，儵忽焉在？」，意思是這種九頭的虺蛇，來去迅捷，牠究竟生在何處？

　　也許不止屈原，讀者對於此種足跡遍佈上古全世界的九頭（多頭）蛇／龍生物，可能也大有究竟牠以前從何而來、現今到哪裡去的疑問罷？

武漢市大禹神話園的「搏殺相柳」雕塑

獨角獸的悲鳴

獨角獸家族：獨角獸．karkadann．獬豸．騶虞．駮．臞疏

　　早前考古學家修正了「西伯利亞獨角獸」在地球的存活年代。媒體從做故仔角度切入，大字標題說「真的有獨角獸」。其實這種學名板齒犀的生物早於19世紀初已給發現，不過當時科學界認定牠早於35萬前年絕種，根本不可能與人類接觸，現時出土化石大幅度修正斷代問題，才有近日之花絮報道。

　　那麼，這則發現，與神秘生物學有沒有關係？有，當然有，而且值得詳細一談。

那些年的香江「貼地」傳說

　　對香港人來說，獨角獸，曾幾何時是一個絕不「離地」的傳說。話說香江舊大會堂（今已拆卸）是一所仿古希臘設計的建築物，中央懸掛皇室盾徽，徽章上兩隻動物，左邊是獅子，右面為獨角馬。如果細心留意，可發現獨角馬為鐵鎖所縛，箇

中有何因由？

　　民間流傳，會堂附近居民常於午夜側聞馬嘶聲，疑團難解。某夜，有人驚見金馬出沒，遂邀他人一同守候窺視。果然眾人見金馬在海邊飲水，飽後施施然回家，一躍復歸徽章處，獨角馬成精之說由此鬧開。居民甚驚恐，既請道士作法，又用鐵鏈鎮壓，從此徽章上的獨角獸便鐵鏈纏身云云。

　　其實，此皇室徽章之獅子象徵英格蘭，而獨角馬則代表蘇格蘭，其為鐵鏈所困，據說是慎防蘇格蘭叛離的寓意。觀英倫同類盾章，設計多相仿，可見舊香港金馬成精鐵鏈縛馬之說，想像力雖然豐富，卻未盡可信。

英國政府盾章

獨角馬竟是好色鬼

　　獨角獸（Unicorn）在中世紀西歐的畫像，除了像馬，也有鹿、牛、犀牛等形象。相傳牠是種難以駕馭的動物，身形如馬，步迅如風，極難活捉。其角的顏色不一，綠、黑、白皆有，更重要是極具療效，能解毒、治肚痛，甚至有長生不死之效。

相傳獨角獸居於湖泊一帶，其角有解毒功效。

　　有一則故事說，獨角獸居處相鄰湖泊，林中動物不時前往飲水。有一天，毒蛇把毒液注入水裡，企圖毒死獵物。但你精我不笨，眾動物洞悉陰謀，按兵不動暫不喝水。未幾獨角獸現身，把角插入水中，蛇毒便一散而空，動物便可安心喝水。

　　相傳歐洲貴族盛行以獨角製杯，以預防中毒，亦因獨角稀少珍罕，故有價有市。

　　正所謂懷璧其罪，獨角獸因而招來殺身之禍。牠跑得快難活捉，卑鄙的狩獵者，亦即人類，便針對其弱點施計。傳聞獨角獸居於森林，但凡有處女經過，牠便抵不住幽香現身，溫馴地靠近，依偎在少女懷中。獵人支使少女露出乳房相誘，獸不疑有詐，盡情吸啜之際，獵人突然出現，將之捕獵或殺戮。

可以説，獨角獸身陷死亡陷阱，全因「衰鹹濕」（好色）！

真是：牡丹花下死，獨角也悲鳴。

倘沒中詭計，獵人便得真刀實槍與獨角獸一拼。西班牙Teruel大教堂的屋頂，便繪下了一幕獵人與獨角獸激戰的場面。

獨角獸亦正亦邪

在中世紀，獨角獸往往象徵的是基督或聖靈（但很奇怪偶爾也象徵邪惡與魔鬼）。《聖經》的申命記、約伯記、詩篇、以賽亞書等提及一種名為re'em的帶角獸，曾幾何時，不少譯本將之翻譯為「獨角獸」。

譬如在「七十賢士譯本」，由於譯者認為希伯來文的re'em行動迅疾，好鬥凶猛，且額上長角，恰如傳說中的獨角獸，便譯為monoceros（獨角獸）。後來馬丁路德的德文版及英國國王詹姆斯一世的欽定英譯本《聖經》，皆把re'em譯為unicorn（獨角獸）。

可是，後世譯者大抵覺得世上何來獨角獸，爭論説re'em只是形容有角，沒有指明是單角，反倒是眾數的雙角，於是改譯為野牛（aurochs或wild ox）。打後中譯本便不見獨角獸，只見野牛了。

如今學術界證實世上果真有獨角獸，未知聖職人員們可會打倒昨日的我再撥亂反正？

中世紀的文獻記載

　　早在巴比倫時代的圓形刻章，已見獨角獸踪影。不計《舊約》，歷史上不乏記載獨角獸的文獻。

　　由古羅馬博物學者普林尼（Gaius Plinius Secundus）所著，成書於公元二至四世紀，於亞歷山大城（Alexandria）出土的著作《自然史》（Naturalis Historia，或譯《博物誌》）裡記述，獨角獸的額上長著黑角，叫聲雄渾，相當敏感，一發現異動即逃之無蹤，難以駕馭及活捉。不過獨角獸喜歡純潔，易受美麗少女所誘惑，所以只有純潔的少女才能捕獲牠。

　　到了公元前380，歷史學家Ctessias說，獨角獸是種與馬差不多大的野驢，身軀呈白色，頭部紫色，藍眼，額前有又直又硬的角，底尖端部分是紅色的，中間黑色，底部白色。牠生活在生活在印度及南亞次大陸。

波斯的獨角獸

　　10至11世紀的波斯學者比魯尼描述了一種名為karkadann的獨角獸，其角為圓錐形。根據形容，學者認為他所說的是印度犀牛。

　　波斯及西亞相傳，karkadann的獨角是上好解毒劑，這與西方Unicorn的傳說不謀而合。

中國的獨角獸

中國也有種頗為聞名的獨角神獸，稱為獬豸（或解廌、解豸），古書記載其形貌似牛（有時也形容為神羊），獨角，其性格忠直，能辨別是非，樂於主持正義，是種瑞獸。[1]

這種獸畢竟如牛似羊，似與西方傳說中的獨角馬有所差異。且慢，原來中華也有獨角馬。

晉《搜神記》有則「馬生角」之記載：「漢文帝十二年，吳地有馬生角，在耳前，上向，右角長三寸，左角長二寸，皆大二寸。」原來漢文帝十二年，即公元前168年，中華大地也曾出現有角之馬，可惜是一大一小雙角，而且很可能屬偶發異

學者認為獨角獸karkadann只是犀牛。（圖：Pixabay, CC0 Public Domain）

變，似是孤例，未足深究。

若翻開《山海經》，便不乏「獨角馬」蹤跡。《北山經》記載了數種「其狀如馬」的生物：一類住在中曲之山，名為「駁」，頭上生有一角；另一類名為䑱疏，住在帶山，亦長一角；還有一類叫駃馬，住在敦頭之山，同樣頭長一角。這些生物或牛尾而白身，或白身黑尾，頭上皆長獨角，與西方獨角馬的造形甚為肖似。

科學上的獨角獸

地球上有一種名為「學究」的人形生物，他們生性古板，拒絕相信任何看起來聽起來不可思議（他們自以為）的荒誕邪說。但由於「傳說」甚囂塵上，他們迫不得已建構一些「理論」，來蒙混過去或塞著悠悠之口。其中一招是「原形論」。

有一段頗長時間，一角鯨（Narwhal，學名Monodon monoceros）被視為獨角獸的原形，這是因為雄性一角鯨生具螺旋狀長牙，這種角甚為接近傳說中獨角獸。

但自從板齒犀（高加索板齒犀E. caucasicum或西伯利亞板齒犀E. sibiricum等）遭發現後，「一角鯨理論」便少人提及了。皆因無論外形與生存土壤，板齒犀更像傳說中的獨角獸（尤其是karkadann），一角鯨難免要靠邊站了。

近日外國科學雜誌及網站如 American Journal of Applied

Science 及 Science Alert 等報道，考古學家在哈薩克找到板齒犀的化石，雖化石獨欠「角」，但頭骨留有巨大的獨角痕跡，足證牠生前長有約一公尺的巨角。

學者推斷牠身高約兩公尺、體長約4.5公尺、重可達四噸，估計全身佈滿長毛。經放射性碳14年代測定法，推斷生活於26000至29000年前，換言之，牠與人類或曾活在同一天空下。

科學家以往認為，西伯利亞板齒犀早已在35萬前年滅絕，而智人（現代人）Homo sapiens 的出現，約為10萬年至20萬年前。專家們曾一口咬定，人類沒可能接觸過板齒犀。那麼，人類不同民族流傳的「獨角獸」傳說，便不會從板齒犀而來。

對神秘生物學的啟示

如今的發現，給神秘文化愛好者一個啟示（其實於筆者而言，這不是啟示，而是證據）：

過往一直遭斷定為奇譚怪論的「神話」，有沒有可能，有一部分，甚或絕大部分，都是真有其事？

板齒犀頭骨及仿製的「角」（圖：CC BY-SA 3.0, Wikimedia Commons）

像是次的獨角獸，過往被視為「不可能」，現在批判者通通要閉嘴了。

其他傳說中的生物如海怪、野人等等，會否只待證據出現？

再說，由於板齒犀並不「驚世駭俗」（只是長角的犀牛罷了），可以想像各國政府無需刻意把證據打壓。但像美人魚一類生物，假如真有其事，可是牽涉到人類的進化史，顛覆人類是所謂萬物之靈的立場，各國又會否輕易讓證據浮面？

西伯利亞板齒犀的化石點，還挖掘出其他動物，如猛獁、草原大象和史前野牛等，專家推測牠遷移到該地區頗長時間。這說明什麼？說明動物的「大遷徙」是毫不為奇的。

從本書的一系列文章，筆者提出一疑問：為什麼世上這麼多傳說生物，皆不僅於一個民族或地域間流傳，而更多是「全球性」的？難道上古先民根本在全球範圍四處亂竄，把所見所聞帶到世界各地，慢慢形成神話？

又或者，如「獨角獸」一樣，根本這些「傳說生物」，充斥在整片大陸，存在於整個星球，故不同民族均有大同小異的傳說？

註1：
古籍中相關記載甚多。如漢朝楊孚《異物誌》中描述其為：「性別曲直。見人鬥，觸不直者。聞人爭，咋不正者。」又如《續漢書‧輿服志下》：『或謂之獬豸冠。獬豸神羊，能別曲直，楚王嘗獲之，故以為……冠。』

鳳凰浴火
全球不死鳥探秘

火之鳥家族：鳳凰・貝努鳥・不死鳥・迦樓羅・金翅鳥・天雞・朱雀

　　華夏文化裡，龍鳳常被相提並論。鳳凰，譯者每把牠譯為 Phoenix，此舉常被學者或文化人所抨擊，指這是翻譯之誤。且看一看主流學界的意見。

　　「現代人經常犯下將中國的鳳凰與西方不死鳥混淆的錯誤，我們現在對鳳凰的印象，大多用了西方不死鳥(Phoenix)浴火重生的概念，其實兩者之間有極大的差別。歸根究底之下，都是譯名惹的禍，即使是郭沫若先生的《鳳凰涅槃》中，對於譯名方面也存在上述謬誤。近代人在翻譯西洋的典籍時，往往拿中國固有的字彙去套用在外來事物上，而造成這種誤導的結果，由於中國並沒有對不死鳥的概念，於是便取了最接近英文Phoenix的意思，亦即是鳳凰。Phoenix基本上象徵了浴火重生，所以應該譯為『不死鳥』，而中國的鳳凰則是吉祥鳥，充

鳳凰與不死鳥Phoenix，同屬火之鳥。

其量只可說具有長壽的特質，而不懂復活，可見兩者存有根本性上的不同點。」（歐靖堃、梁龍威，〈鳳凰傳說——母題類型及中西鳳凰神話比較〉）

不過，筆者認為，查中華的鳳凰、希臘神話的不死鳥（Phoenix）伊朗神話的Simurgh、印度神話的迦樓羅（Garuda）、佛教的金翅鳥、埃及神話貝努鳥（Bennu），莫不有非常共同的意像：屬火／浴火、太陽、不死。真是如有雷同，豈是巧合。

鳳凰的原型

先談談我們熟悉的鳳凰吧。世人今天了解的鳳凰形像，已是大雜匯。

《太平御覽》稱鳳凰之形為六像：頭像天，目像日，背像月，翼像風，足像地，尾像緯。

《宋書·符瑞志》則描述為「蛇頭燕頷，龜背鱉腹，鶴頂雞喙，鴻前魚尾，青首駢翼，鷺立而鴛思。」

《爾雅•釋鳥》郭璞注：「雞頭、燕頷、蛇頸、龜背、魚尾、五彩色、高六尺許。」

跟龍一樣，這種糅合多種動物特徵的形象，其實是相對後期的產物。

在同一語詞記號下，鳳凰的意義愈演愈複雜。中國學者老是希望找出鳳凰的原型。歷來提出的理論數不勝數，如大鴕鳥、燕子、　孔雀、雉雞等。但實情，於起初，古人根本視祂為一種五彩神鳥。

說文解字：神鳥也。

《山海經·南山經》：有鳥焉，其狀如雞，五采而文，名曰鳳皇。

《山海經·大荒西經》：五彩鳥三名，一曰皇鳥，一曰鸞鳥，一曰鳳鳥。

　　如果從文物的角度看，鳳凰可遠追溯至商朝甚至新石器時代。

　　距今約6700年的余姚河姆渡文化，出土的象牙骨器上，出現雙鳥紋雕刻，據估計是鳳凰的鳥紋。而在湖南洪江市高廟文化遺址，一個出土白色陶罐上，也發現據認為是中國最古老的鳳凰圖案，距今有7800年歷史。而商代的玉器，也不難見到鳳凰造形。

鳳凰是一種五彩神鳥。

先民的太陽鳥

　　商代的古鳳凰，造形均不甚複雜，最大特徵是「戴勝」（頭上有羽飾）。而再遠古的鳳凰鳥紋，最大特色是與太陽一起出現。

　　在廟底溝文化和大河村文化的出土彩陶，所見的鳳鳥紋，經常出現三種情況：

　　一、太陽與鳥分離。

　　二、鳥居日中。

　　三、鳥的各種分解與日紋重新組合。

貝努鳥與太陽有密切關係。(Wikimedia Commons)

中國素有太陽是由「烏」負載、日中有烏的說法，此所謂「陽烏」或「金烏」。有些學者解釋，這是因為炎帝族是以三足烏、火、太陽為主圖騰，三足烏後來演變為鳳凰。姑勿論此說真偽，至此我們已得見全球鳳凰的第一條線索：太陽。

其實，太陽與鳥的結合，可普遍存在於世界各民族裡，這種鳥一般被稱為「太陽鳥」（Sun-bird或Solarbird）。

例如埃及神話裡，一種名為貝努鳥(Bennu)的神鳥，（多被畫成一隻有著長喙、戴著雙羽飾冠的灰色、紫色、藍色或白色的蒼鷺，牠是太陽神Ra、亞圖姆或歐西里斯的靈魂。

《變形記》作者古羅馬詩人奧維德寫詩道：「不死鳥長大到有足夠的力量時，就會把父母的巢從樹上銜起，帶往埃及的赫利奧波利斯城，放在太陽殿裡。」

浴火之神鳥

第二個重要線索是「火」。公元前八世紀末古希臘詩人赫西奧德(Hesiod)，他在長詩《神譜》記敘了類似不死鳥的事蹟，並認為不死鳥是同類中碩果僅存的少數，在阿拉伯沙漠生活了600年之久，臨死前收集木材，用雙翅點火自焚，死而復生。

佛教的金翅鳥，一生以龍為食，體內積蓄毒氣極多，臨死時毒發自焚。肉身燒去後只餘一心，作純青琉璃色。

埃及的貝努鳥，亦會每天從太陽神神廟中，燃燒聖樹的火焰中創造自己。

中華鳳凰亦與火關係密切。

《山海經南山經》：鳳凰，火之精，生丹穴。

《春秋·演禮圖》：鳳，火精。

《春秋·元命苞》：火離為鳳。

《鶡冠子》：鳳鶉火，陽之精也。

鳳凰之不死線索

好了，最後到最關鍵的「不死」了。

伊朗神話的Simurgh，是一種類似孔雀，長著一個狗頭和一副獅爪的神鳥，牠能在火焰中再生並成為不朽。

印度神話的迦樓羅（Garuda）出生時火光沖天，因為從毗濕奴處獲得不喝甘露也永生不死的恩賜。

貝努鳥每天災燒在聖樹底下，但第二天早晨便會站起來，於自己的灰燼處復活。

而中國的鳳凰呢？誠然，文獻中未見鳳凰擁有不死屬性，但在文物畫像處，我們卻可見到端倪。在漢代畫像中，經常可從西王母身邊見到三足鳥的踪影。又如鄭州出土的「鄭州新通橋漢代畫像空心磚[1]」中，即見羲和手捧三足鳥立於西王母身旁；徐州漢代畫像石中[2]，有三足鳥為西王母取食的形象。

　　嫦娥奔月故事裡，后羿千里迢迢取得不死藥，可是靈藥卻遭嬌妻嫦娥盜去。但不知幸還是不幸，嫦娥服藥後，雖然得以飛升離開塵世，卻化為了一只蟾蜍（或說玉兔）。那不死藥的原物主，便是西王母。

　　敦煌佛教藝術中，日中烏／三足烏多作展翅狀，與鳳凰類禽鳥混同。南北朝時期的墓葬畫像或佛教造像，如丹陽金王陳村佚名陵出土的南朝日輪畫像磚、河南 縣石佛寺出土的北魏神龜元年田邁造像碑，其三足烏皆作展翅狀，與金翅鳥的形象相近。鳳凰的「前身」三足烏，經常與不死藥的主人西王母為伍，背後隱含什麼秘密？

鳳凰乃火之精。（圖：Pixabay, CC0 Public Domain）

學者蕭兵認為，古時的鳳凰已存在不死的雛形。《楚辭·天問》記載：「天式縱橫，陽離爰死。大鳥何鳴，夫焉喪厥體？」（雲天如式縱橫震盪，太陽中的離鳥怎樣死亡？這只大鳥為什麼發出鳴聲？它巨大的身軀怎麼可能滅喪？」）他認為此句可見神話中的生死循環觀念，隱藏著鳳凰重生的線索。

　　順帶一提朱雀。鳳凰起源於古人對風神的崇拜，朱雀則源於先民對天文星象的觀察，兩者本來互不相干。但古人同樣視兩者為「火精」，如東漢《周易參同契》說：「朱雀為火精」，漢代的人已將朱雀與鳳凰二合為一，不時互換來運用。

天雞與迦樓羅

　　最後再介紹一種「火之鳥」家族的成員天雞。上古之時，大地的東南方有座桃都山，山上有棵桃都樹，枝葉橫生三千里。樹上有一隻「天雞」，當日出光芒照在天雞身上，牠便會鳴叫，而天下群雞亦會隨之雞啼。桃都樹住有二神，一位名為隆，另一位叫突，祂們以葦索綁鬼驅煞。

　　天雞別名為「鷙」，身高千里，體型極為龐大，左腳立足大海北面的盡頭，右

西王母畫像磚，漢刻墨拓本。圖中可見九尾狐與三足鳥每伴隨西王母之側。

腳則橫跨大海南面的盡處。牠專門捕食鯨魚，使得北海水流暢順無礙。天雞展翅高飛時，兩翼拍動的聲音如雷如風，驚天動地。[3]

天雞亦可稱為「玉雞」，牠還有一樣特異功能，便是不怕火燒。有一次趙高使人燒山，所有山雞皆雞飛狗走，唯獨玉雞（另一說是石雞）無懼火燒不走。牠在日出時鳴叫，其啼聲可遠傳至三十里外[4]。天雞那海洋般龐大的身軀，加上不怕火燒，不禁令人聯想起印度神話中的大鵬金翅鳥（迦樓羅鳥）。

金翅鳥身長八千由旬，左右翅各長四千由旬。據《大唐西域記》載，舊傳一由旬為四十里，印度國俗為三十里，佛教為十六里。可見金翅鳥何其巨大。而且牠出生時火光衝天，眾神還誤以為是火神阿耆尼發怒，可想而知金翅鳥乃火燒不侵的神鳥。看來，天雞與迦樓羅，定是淵源深厚了。

註1：
今藏於鄭州市博物館。

註2：
今藏於徐州市博物館。

註3：
《太平御覽》引《神異經》：「北海有大鳥，其高千里...左足在海北埏，右足在海南埏...名曰天雞，一名鷖。」

註4：
《太平御覽》引《辛氏三秦記》：「太白山南有陳倉山，山有石與山雞不別，趙高燒山，雞飛去，晨鳴山頭，聲聞三十里，或謂是玉雞。」

龜蛇靈獸的死亡陷阱

龜蛇家族：玄武、贔屭、吉弔、Tarasque、Aspidochelone、
澳洲冥河守護獸

　　古華夏素有「四神」與「四靈」的觀念。四神指的是龍、
鳳、麟、龜；四靈是指蒼龍、白虎、朱雀、玄武。其中玄武，
乃一種蛇與龜相結合的靈獸。牠既像龜，有甲與四足，復像
蛇，有長而能彎曲的頸部。

蛇龜合一觀念早於先秦

　　玄武一詞，晚至戰國才出現，但早在商朝，百姓的心中已
有一個蛇龜合體的神靈存在。先秦天文學文獻裡，凡提到北方
七宿，多是龜蛇並提[1]。西漢四神紋瓦的玄武，亦為龜蛇交纏
之像，說明早於西漢以前，世人已有玄武乃龜蛇合體的觀念。

　　根據五行學說，玄武是代表北方的靈獸，身上長著鱗
甲。[2]傳說玄武誕生於夏朝：那位以治水聞名的「禹」，他的
父親叫「鯀」，字玄冥（通玄武）。在禹接手治水前，鯀是

玄武是一種蛇與龜相結合的靈獸。

治水的主力官員，他採取塞堵的方式阻擋洪水，雖有神物「息壤」之助，但依然失敗。民間視鯀為靈龜的化身。

漢以前，玄武以神龜形像出現。漢代以後，壁畫、磚雕、墓葬石刻上的圖像，已變為蛇龜合形。道教將玄武人格化為真武大帝加以崇拜，在供奉真武大帝的畫像裡，每見龜、蛇形像，成為真武大帝的化身。真武大帝的道場在湖北武當上，所以武漢隔江相持有龜山和蛇山。

另一種蛇龜贔屭與吉弔

有指玄武可能是上古神獸騰蛇及贔屭的演變。騰蛇在古文獻泛指能飛行的蛇，能興霧乘雲；贔屭（又名霸下）乃龍之子，是一種似龜的龍，由於牠力大無窮，慘被擔當建築物的柱子或石碑底座的裝飾。

中華還有一種龜身龜殼，又擁有龍或蛇頭的生物，叫吉弔。《山海經·北山經》：「堤山……堤水出焉，而東流注於泰澤，其中多龍龜。」郝懿行云：「疑即吉弔也，龍種龜身，故曰龍龜。」明代李時珍《本草綱目·鱗一·吉弔》亦說：「惟蘇頌《圖經》載吉弔脂，云龍所生也。」1712年在日本出版的《和漢三才圖會》，便把吉弔繪畫成跟

《和漢三才圖會》中的吉弔跟玄武非常相似。

南朝時代的玄武畫像磚，中國國家博物館藏。

玄武非常相似。

　　談到龜與蛇／龍合一的形象，西方也有兩種傳説生物，與玄武、贔屭、吉弔可堪一比。

可怕生物Tarasque

　　在法國的普羅旺斯，Tarasque是種傳説中的可怕生物。牠被歸屬為龍的家族，擁有獅子的頭，六隻如熊的短腿，龜的外殼，尾巴尖端為蝎子的螫。相傳牠住在羅納河畔中的岩石處，經常襲擊途徑的船和人。法國城市Nerluc的領袖派騎士進擊Tarasque，可惜即使動用了投石車，一樣無濟於事。

Tarasque雕像，位於法國塔拉斯孔King Renée's城堡。(Wikimedia Commons, Public Domain)

根據法國中世紀的傳說，聖瑪爾大（Saint Martha）和她的兄弟姐妹曾經遠赴法國南部傳播福音。當地相傳，Tarasque雖然無畏人類的攻擊，卻為聖瑪爾大的讚美詩和祈禱迷住了，更被馴服並帶到城市裡去。市民一見自然嚇壞了，紛紛向此頭異獸攻擊，然而牠並未抵抗，結果死在鎮上。2005年11月25日，聯合國教科文組織把這種傳說中的怪物列入人類口述非物質文化遺產名錄。

你可能奇怪，Tarasque雖為背負龜殼，卻是獅頭蠍尾，與龜蛇一體有何關連？妙就妙在，傳說Tarasque是兩種來自加拉太的怪物Onachus與利維坦（Leviathan）的後代。利維坦是一隻聲名赫赫的魔獸，通常被描述為巨大的海蛇。大家看出名堂沒有？身世上，Tarasque原來隱含龜與蛇的基因。

死亡島與大蛇龜

世上可曾有其他蛇龜合一的怪物存在過？筆者多番追溯下，發現中世紀以降，從歐洲到中東，均口耳相傳一種體形極其龐大的生物，與本篇主題甚有神秘牽連。

故事是這樣的：水手們流傳一個「死亡陷阱」：在茫茫大海裡，船隻偏離航道是常見之事，連續多天迷航後，水手極渴望見到陸地。幾經波折，終於遙見一座孤島，似乎有岩石、山谷、樹木、綠地和沙丘，一切看起來非常正常。船隻靠岸後，

船員在沙灘登陸做飯，誰知災禍就發生在人人放鬆時，突然大地震動，整座小島突向下沉，倒霉的水手走避不及，遭大海淹沒溺死。

少數有幸生還的水手，赫然發現：這哪裡是什麼小島？真身竟是一隻體形極其巨大的生物！牠裝成陸地，騙不知情者登陸，當感受到人類生火煮食的熱能，便會潛入海裡。好一個死亡陷阱！

這頭龐然大物的傳說遍佈世界各地，於不同文化稱呼

華盛頓國家大教堂的Aspidochelone雕刻。

各異。在希臘和歐洲，牠叫Aspidochelone；在格陵蘭，牠叫IMAP Umassoursa；在愛爾蘭，牠叫 Jasconius；在中東，牠叫Zaratan；在智利，牠叫 Cuero 或 Hide。在《魔戒》作家 JRR Tolkien 筆下，這頭怪物的名字叫 Fastitocalon。牠們的流傳故事不盡相同，但對於偽裝成島嶼和陸地誘殺水手，卻可謂大同小異。

有人說，牠是一條鯨魚；也有人說，牠是巨型的海龜。從Aspidochelone 一詞來分析，似乎是希臘語的複合詞，ASPIS意思是屏蔽，chelone 則解作海龜。這意味 Aspidochelone 應該是一隻會隱蔽自身的海龜，正好與傳說怪物的行為脗合。

Aspidochelone 的記載見諸各種文獻或文學。有些民族形容牠「是一頭海怪，擁有龜殼與猶如蛇頸般的頭」[3]。換言之，這頭大海怪物同樣是「龜蛇一體」的生物，莫非與玄武、贔屭、吉弔、Tarasque 有什麼血源關係？

生物學上的蛇龜

那麼，龜蛇同體這種靈獸，是如何誕生出來呢？

唐代李賢曰：「玄武，北方之神，龜蛇合體」；李善《文選》註：「龜蛇交曰玄武」。為什麼龜要與蛇交合？原來，中華民間自古相傳，雄性的龜不能性交，缺乏生殖能力，只好任由雌龜與蛇交配來繁衍後代。

現實生活裡，龜蛇當然不可能交配，現代中國學界認為，龜蛇合一代表原始時代的外婚制，蛇與龜代表氏族圖騰，兩族通婚便成蛇龜相交。

把上古的靈獸傳說，解釋為氏族通婚圖騰結合，似乎是中國學界的慣例。然而此種推敲既乏味，亦難以解釋全世界範圍何以出現大量特徵高度脗合的種種傳說異獸。

誠然，龜蛇交配確實難以想像，但同持擁有龜與蛇特徵的生物，卻非子虛烏有，那便是蛇頸龜（Snake-Necked turtle）。蛇頸龜科（學名Chelodina siebenrocki）的成員約有60餘種，分佈於澳大利亞、新畿內亞、印度尼西亞和南美洲。中國雖沒有

蛇頸龜（YouTube截圖）

現存的蛇頸龜，卻有化石出土，證明史前蛇頸龜的分佈遠較現在廣泛。蛇頸龜會否便是玄武、贔屭、吉弔，甚至全球龜蛇怪物的「原型」？

掌管陰間的蛇龜與玄冥

　　大海的南邊，澳洲流傳一則神話：冥界的死亡之河激流洶湧，人死後要渡河，苦在無橋可過，唯有靠踏上河中守護靈獸——一頭巨龜的尾巴來渡江。可是每逢靈魂快要到達彼岸時，龜尾便猛烈抽動把渡河者摔入水中。這與前述 Aspidochelone 的故事同出一轍：巨龜可遠觀不可褻玩，踏上去隨時是死亡陷阱！

　　有位能力高超的巫師決意為民除害。他闖進冥河，跑到龜背上，巨龜勃然大怒施以攻擊，巫師不慌不忙，用斧頭把龜頭斬下來。之後他砍樹為橋，突然有條蛇從樹根竄出欲咬巫師，他又以斧頭斬掉蛇頭。這時候，巨龜身軀顫抖看來十分痛苦，巫師心想，其實牠只是奉天神旨意辦事而已，於是把斷開的蛇頭接駁到巨龜身上。從此這隻蛇頭巨龜便世代守在死亡之河間。

　　令人費解的是，中華的玄武，本意是「玄冥」（武、冥古音相通），古人認為冥間在北方，殷商甲骨占卜「其卜必北向」，因此在四聖獸（青龍、白虎、朱雀、玄武）中歸屬北方

的玄武，也可視為冥神，有道是「青龍白虎掌四方，朱雀玄武順陰陽」。另外，根據陰陽五行理論，北方屬水，故玄武亦為水神。遙遙萬里的上古中華與澳大利亞，其神話體系的玄武與死亡之河巨龜，同樣屬於水、掌陰間，難道又僅僅是「巧合」如此簡單？

註1：
《宋中興誌》引戰國中期的《石氏星經》：「牛蛇象，女龜象。」《考工記》：「龍旗九斿，以象大火也⋯⋯龜蛇四斿，以象營室。」

註2：
《楚辭·遠遊》：「召玄武而奔屬。」說者曰：「玄武謂龜蛇，位在北方故曰玄，身有鱗甲故曰武。」《文選》注：「龜蛇交為玄武」 洪興祖補注：「玄武，謂龜蛇。位在北方，故曰玄。身有鱗甲，故曰武。」

註3：
美國卡森紐曼大學（Carson-Newman University）英文系副教授Dr. Wheeler研究（此君專研中世紀文學、中世紀修辭、聖經文學及古英語），Aspidoceleon的形為 "a sea-monster, much like a whale, but having a turtle-shell and a snake-like head."

檔案4
真龍傳說

東西方龍的血源關係

在近代的奇幻文學、動畫遊戲界，東、西方龍，時常共冶一爐，大抵創作人較少頭巾氣（指讀書人的迂腐習氣，這詞彙很老氣對不對），直觀直覺上認為中華龍、西方火龍等有可媲美之處，很自然就拉攏一起，受眾過癮最重要。

但文化人不這樣想，他們心中有氣，強烈反對，堅持華夷之別、中西大不同、正邪不兩立，所以誰把中華龍譯為 "Dragon" 便是侮辱大不敬。這等阿媽是女人的論調不難

「龍」在古今中外的作品中皆佔極重要地位。（圖：Shutterstock）

找，為節省讀者的時間，以下隨便引幾個：

2017年兩會期間，全國政協委員、民進陝西省委副主委岳崇再次向全國政協十二屆五次會議提交提案，建議糾正「龍」的翻譯，因為「中國文化中的龍與西方文化中的dragon，是兩種不同的物像。他建議將龍，直接音譯為『loong』，將英文的dragon漢譯為『拽根』。」

台灣著名出版人、民俗文化家黃永松：「西方"dragon"噴火守財，為惡多端，是被聖人剿殺的惡獸，而中國龍卻為人間慈悲降雨，是聖人贊許的瑞獸。」

華東師範大學傳播學院新聞學系副教授黃佶：「反對將龍翻譯為"dragon"，是因為西方的"dragon"有個特點是殺生，而且會噴火，這些在我們中國的龍文化中是沒有的。」

中國社會科學院研究生院教授、博士生導師何星亮：「西方的龍與中國龍在性質和概念上完全不同，不僅歷史上不同，在當代世界也完全不同。在中國文化中，龍是神獸，主要是吉祥、喜慶、力量、騰飛的象徵。把中國龍譯為Dragon，不僅不能表現中國龍的獨特性，反而容易使外國人視中國為『惡魔』或『惡魔的後代』，因而中國應當改正一百多年前形成的錯誤譯名。」

這些學者文人認定，「龍」與西方神話中的Dragon大有差異，一為瑞獸、一為邪獸，不能混為一談。對於這等理所當然

的「常識」，筆者認為大有商榷餘地。

文化人的固執，是擇善固執，抑或是抱殘守缺的固執？為了解開龍之謎，不妨從這裡作一個切入點。

誠然，翻查坊間談中華龍的資料，你很易得出一個印象：中華龍擁有與別不同的造形、個性，大體而言專家也有共識，翻案空間不大。理由如下：中華龍由原初形象到近代造形，似乎早已被梳理出發展脈絡，哪裡還有什麼懸念？

龍圖騰說：幾分猜想幾分真相？

中華的龍，具有兔眼、鹿角、牛嘴、駝頭、蜃腹、虎掌、鷹爪、魚鱗、蛇身，九種動物合而為一的形象，術語稱為「龍有九似」。

傳統上指中華龍乃由多種動物的形象合而為一。

力言中、西方龍大不同的論調，撇除那些中國龍代表吉祥、西方龍代表邪惡，如斯片面之印象外（理由稍後詳述），最常見的理據，乃中華龍「根本是一堆不同族群互相交戰融合，其圖騰結合而成，有政治功能的生物」，故此與西方龍不應混為一談。

這種「龍圖騰說」，在大眾傳播界、文化界，幾乎是「常識」，凡自以為對龍略知一二的知識份子，都愛搬弄這一套。殊不知在學界和考古界（更不用說神秘文化界「離經叛道」之見），龍圖騰說早已飽受質疑，並發展出各式理論如「現實生物原形說」（如龍是鱷魚演變）、「自然現象說」、「胚胎說」等不一而足；只是有人拿著幾十年前的舊說當寶，從不更新資訊，還自詡掌握真理，真吹脹。

早於上世紀40年代，聞一多在《伏羲考》提出：古時可能有一種大蛇叫做龍，後來以大蛇為圖騰的團族兼並了許多以別的動物為圖騰的團族，分別吸收了其圖騰的某一部分，於是大蛇有了馬的頭、鹿的角、魚的鱗和鬚，諸如此類。

聞一多的理論有兩個重點：第一是「大蛇」為骨幹，第二是「圖騰混合說」。

據史記稱，黃帝「北逐葷粥，合符釜山。」有學者認為，「合符」意思是黃帝滅蚩尤後合兵符；另一解釋是會盟各部落，創立新的圖騰，故後世有「畫龍合符」的傳說。

到了2008年，考古學者在釜山山頂黃帝廟遺址，發掘出了明代的建築基礎和明代崇禎年碑額，金元的建築殘構，唐代陶器碎片，以及距今3500年的商代繩紋陶片，並在其下一米處又挖出殘碑，殘碑上有殘字「黃帝時諸侯合符即(此)……最著龍之先」。

聽起來，好像有根有據是不是？但不說不知，「龍圖騰說」的證據，近乎僅此而已，你要學者提出其他有力證據，他們只能鐵青著臉，用嚴肅的口吻要太極，說你外行懂什麼。

龍圖騰的破綻

主張「龍圖騰」說的「專家」聲稱，黃帝在阪泉戰勝了炎帝，在涿鹿戰勝了蚩尤，一統中原後，為了安撫歸附的部落，結集了各部落原有的圖騰，創立一種新圖騰，那便是「龍」。

破綻1：相傳黃帝原先是以「熊」為圖騰的。大戰時，黃帝率領以熊、羆、貔、貅、虎為圖騰的六個氏族部落，共同起戰炎帝及蚩尤。取得勝利後，被部落首領尊為天子。問題是：若此說為真，為何新的圖騰並非以「熊」為骨幹，反而變成以「蛇身」為主軸的「龍」？黃帝基於什麼理由要故作大方？對於本身的部族，如何服眾？

破綻2：即使黃帝故作大方，你能說得出現時我們所見的「龍」，有哪部份見到「熊、羆、貔、貅」的任何影子？（勉

強可説有虎爪）

　　破綻3：中國人最重歷史，若然果真有「集結圖騰」這回事，沒理由不大書特書，把這項大事如實紀錄下來才是。可是，根本沒人能清楚説得上「龍」實際是由哪幾種「動物圖騰」所融合。

　　一講到龍的形象，其實有許多版本，其中能找到出處的，是由《本草綱目》所「轉引」王符的説法。「時珍曰：按：羅願《爾雅翼》云：龍者鱗蟲之長。王符言其形有九似：頭似駝，角似鹿，眼似兔，耳似牛，項似蛇，腹似蜃，鱗似鯉，爪似鷹，掌似虎，是也。其背有八十一鱗，具九九陽數。其聲如戛銅盤。口旁有鬚髯，頷下有明珠，喉下有逆鱗。頭上有博山，又名尺木，龍無尺木不能升天。呵氣成雲，既能變水，又能變火。」

　　但這並不是唯一龍的形象。民間相傳，龍擁有蝦眼、鹿角、牛嘴、狗鼻、鯰鬚、獅鬃、鷹爪、魚鱗、蛇尾的特徵。另一説又指龍嘴像馬、眼像蟹、鬚像羊、角像鹿、眼似蝦、耳像牛、鬃像獅、鱗像鯉、身像蛇、爪像鷹。

　　如果一種動物代表一個部落，黃帝這個共主明顯壓不住各部族，以致這條龍圖騰「一時一樣」，我們可以類比，若今天的聯合國組成國家，三五不時便重組，世界局面將會如何。這可能嗎？

破綻4：據古籍所載，伏羲氏族系本身就是「龍族」。《竹書紀年·太昊庖羲氏》載「命朱襄為飛龍氏，造書契；昊英為潛龍氏，造甲歷；大庭為居龍氏，造屋廬。渾沌為降龍氏，驅民害；陰康為土龍氏，治田里；栗陸為水龍氏，繁滋草木，疏導泉流」，「以春官為青龍氏，夏官為赤龍氏，秋官為白龍氏，冬官為黑龍氏，中官為黃龍氏，是謂龍師而龍名」。上述古文說，伏羲族乃由眾多「龍氏」組成，且各有分工，「龍」古已有之，根本無須由黃帝假腥腥去「創造」。

破綻5：主張「龍圖騰結合說」的人，無論文物、文獻、民俗學上少數民族口耳相傳的證據，基本上也提不出什麼來。

東西方龍比較之「有圖有真相」

花了許多筆墨去質疑中華龍的所謂「圖騰融合說」，此舉不純為推翻舊說，主要目的，在於慎防本系列文章探討中、西龍隱含的基因密碼時，有些拿著「龍圖騰說」當真理的盲毛跑來搞局，懶醒地拋下一句「中國龍源自乜乜乜…一早有定論啦，你的討論是多餘的」，不得已才預先掃一掃盲。

近年網絡潮語揚言「有圖有真相」，我們當然明白此話未必真確，皆因在強大的改圖軟件下什麼圖也能做假。但在沒有電腦的日子，那個世人對手繪或雕刻極度重視的年代，某程度上我們確又真可說有圖有真相。

　　無論你對「龍」所知深還是淺，以下懇請先放下相關常識／定見／成見，純以直觀的角度，看看以下三幅組圖，覺得牠們有否文化上的血源關係？

　　一點點導讀：請先不要理會何為龍，何為蛇，何為神祇，何為麒麟。這裡只以大概的外型區分：一種是「蛇身」的龍（比較圖1）、一種是獸身的龍（比較圖2）、一種是「蛇身」「翼」的龍（比較圖3）。

比較圖1

中華龍　　　　　　　　波斯龍

米蘭之蛇　　　　　　　利維坦

比較圖2

麒麟

唐鎏金銅走龍

巴比倫伊絲塔城門的怒蛇

除非閣下鐵了心硬稱完全不似，否則很難指這些「龍」（或獸，其實「龍」不過是一個名詞）毫無關係吧。究竟這如有雷同實屬巧合，抑或空穴來風未必無因？

探討中西龍之異同，並不為了翻譯學上什麼中國龍應否譯為Dragon，這對筆者來說意義不大。龍的身世離奇，本來就值得神秘文化愛好者關注，更重要是藉此課題來回答一個問題：

若中、西龍果真有千絲萬縷的關係，背後究竟有何象徵意義？

比較圖3

中華應龍

美洲羽蛇神

斯洛伐克龍

埃及蛇神

答案，不離以下幾種可能：

1) 世上曾經真確出現一種「龍」的生物，為各地先民目睹，所以留下甚為相似的記載、圖畫及傳說。

2) 世上從未有龍，純屬人為創作。之所以在世界各地出現肖似的文物圖案（姑且稱為「全球龍現象」），若非巧合，便是上古之時，人類早已經歷全球範圍的文明交流，側面印證

傳統史觀不盡可信。

3) 世上沒有龍，上古各地亦未經文化交流，但龍傳說不僅僅是巧合，全球人類因為某種未知因素，故各民族相繼流傳種種疑似龍的傳說。

筆者認為，上述三個可能，無論哪一種，均神秘得不得了，甚為值得細加研究。如果你覺得，單憑幾幅圖來作出如此多推測未免證據薄弱，筆者可以預告：當然不止這麼少材料。容我慢慢細說從頭。

延伸一筆，為本書校對時，剛好見到外媒報道，俄羅斯人發現2000多年前的西伯利亞文物，那是一件皮帶扣，圖案為龍的造形，且與中華龍甚為相似。究竟何以有此現象，這正是本書欲解開的謎。

估計逾2000年歷史的西伯利亞龍形文物（Andrey Borodorsky, The Siberian Times）

西方龍噴火放毒
中華龍瑞氣吉祥？

講起中國龍，「常識」告訴我們，龍象徵獻瑞與吉祥，
這從祥龍獻瑞、龍鳳呈祥、祥龍瑞氣等成語中，大家早
已耳熟能詳。

講到西方龍，它常遭描述為醜陋兇惡，噴火放毒亂吃
人，是兇暴惡獸的典型。

但這是事實嗎？或者說，這是真相的全部嗎？

邪惡龍的來源

在西方，龍最「膾炙人口」的邪惡記述，當然不得不提《
聖經》。《啟示錄》中描述：

啟示錄　12:9　「天上又現出異像來。有一條大紅龍，七
頭十角，七頭上戴著七個冠冕。……大龍就是那古蛇，名叫魔
鬼，又叫撒但，是迷惑普天下的。它被摔在地上，它的使者也
一同被摔下去。」

啟示錄　20:2　「他捉住那龍，就是古蛇，又叫魔鬼，也叫
撒但，把它捆綁一千年，扔在無底坑裡，將無底坑關閉，用印

封上，使它不得再迷惑列國。」

　　正因基督宗教於西方社會影響深遠，《聖經》說龍是魔鬼撒但，龍自然成為了邪惡的代表，水洗也不清。中世紀以降的歐洲神話，不乏屠龍的題材，騎士與龍搏鬥撕殺，象徵善和惡的較量，意味信徒可憑信仰之力擊退惡龍。最著名的故事要算是聖喬治屠龍，只要村民改信基督，這位聖騎士便答應替村裡解決心腹大患，揮劍斬下惡龍首級。

　　有一說指，龍在基督教中被視為惡魔的象徵是源自美索不達米亞（Mesopotamia）（古時兩河流域的稱謂）神話。譬如巴比倫神話中的提阿瑪特（Tiamato）與赫梯（Hittite）神話中的伊路揚卡什（Illuyankas），均是與主神為敵的惡神。由於居住在美索不達米亞附近，深受兩河文明影響的的猶太人，將這種「站在了主神對立面」的觀念繼承了，故龍在猶太教與基督教中漸漸成為惡魔象徵。

忠心的西方龍

　　然而基督宗教興起以前，龍可善可惡，甚至有民族以龍為崇拜對象。希臘神話的《赫拉克勒斯與12項考驗》中，天后赫拉為刁難赫拉克勒斯，要求他完成12項考驗，其中一項是偷走巨龍拉冬看守的金蘋果。那巨龍替夜神的女兒看守果樹，日夜守候，忠心耿耿從不睡覺。下場呢，卻慘遭人催眠殺掉，保不

住腦袋也保不住金蘋果。

神話《美狄亞》中，英雄伊阿宋同樣為了拿到金羊毛，請來地獄女神催眠了負責守衛的龍，然後將魔液灑在龍眼裏，使其昏迷不醒，才順利取得金羊毛。

從這些故事可見，後世描述西方龍貪婪好財，原來真是冤哉枉也，牠本來只是盡忠職守，受命守財護寶而已。

耶教流佈廣泛前，曾遍佈大半個西歐的凱爾特人，以及北歐的維京人均以龍為崇拜圖騰，視龍為民族象徵和守護神。中世紀維爾京人，將自己的海盜船船首雕刻成龍的形象。在斯洛維尼雅，龍被視為首都盧比安納的代表，象徵神聖的吉祥物。

中美洲的托爾特克帝國、阿茲特克帝國，以及瑪雅文化中常見的羽蛇（羽蛇與龍的關係，後文再談），是該文化圈的重要神祇，掌管農耕、學問與風，傳說羽蛇神是神祇維拉科查 ／庫庫爾坎的化身，乃帶來當地文明的啟蒙者。

在克羅埃西亞語和斯洛維尼亞語中，龍稱為Zmay。其意義依地區不同。在東斯拉夫地區被稱為 "Zmey"、"Zmij" 或 "Zmay" 的龍，是斯拉夫語中「蛇」一詞的陽性形式，和 "dragon" 的形象基本相同。在南斯拉夫地區，被稱為 Aždaja 或 Aždaha，另一些地區則稱其為 "Lamya"，是雌性的惡龍，和 dragon 類似，而 Zmay 則指更有智慧、善良的雄龍，和前者通常有血緣關係，但完全對立。

從上述資料可見，說西方龍是邪惡的象徵，未免片面得過份。

漢以前龍非天子象徵

至於華夏民族視龍為吉祥物，倒是確有其事。相傳龍可興風作雨，故古人不時祭龍求雨。《左氏春秋傳》記載：「龍見而雩，謂建巳之月，蒼龍宿之體昏見東方，萬物始盛，待雨而大，故祭天遠為百穀祁雨膏雨。」

但真正強調龍之祥兆，乃自龍成為「天子」專利，象徵帝王與皇權以後。這究竟從何開始呢？相傳軒轅黃帝乘龍升天，但筆者已談及，黃帝本族並未以龍為圖騰，上古華夏人對龍的看法也與今天大異。有指龍徵天子起於漢朝，班固《漢書•高祖本紀》說：「高祖，沛豐縣中陽里人，姓劉氏，字季……其先劉媼休息大澤之阪，夢於神遇。是時雷電晦冥，太公往視，則見蛟龍於其上。已有身孕，遂產高祖。」學者認為這是蕭何美化劉邦的「公關手段」。姑勿論真假，天子為龍的化身這一觀念，大抵不會早於漢朝太多。

中華龍一樣放火噴毒

好了，弄清邪惡與吉祥的觀念，我們再來看看「西方龍會放毒噴火，中國龍不會」的說法。

　　西方龍擅放毒噴火，在無數故事中可得見，很多民族的傳說也有此一說。古盎格魯‧撒克遜人史詩《貝奧武夫》中的龍、英國與北歐的火龍均會噴火；埃及的阿斯布飛龍、北歐的法夫尼爾會噴放毒氣；瑞士的皮拉圖斯山龍更是放火放毒的品種皆有。足見西方龍擁有火、毒兩元素的「必殺技」，沒什麼好爭議。

　　但誰說中國龍不會放火噴毒？

中華龍也會放毒火。（圖：Pixabay, CC0 Public Domain）

先看龍火：

漢朝思想家王充的《論衡‧言毒篇》記載：「龍有毒，……火為毒，故蒼龍之獸含火星。」

宋朝羅願《爾雅翼‧釋龍》說：「龍火與人火相反，得濕而焰，遇水而燔，以火逐之，則燔息而焰滅。」

清朝王啅《龍經》說：「龍火之得水而熾。火龍高七尺，其色正紅，火光如聚炬。」

他們皆說，龍之火較一般的火還厲害，不能用水撲滅，因為這種火遇水會燒得更旺。

再看龍毒：

南朝宋沈懷遠《南越志》說：「蟠龍身長四丈，青黑色，赤帶如錦文。常隨水而不入于海。有毒，傷人即死。」

南北朝楊炫之《洛陽伽藍記》說：「西方不可依山，甚寒，冬夏積雪。山中有池，毒龍居之。昔五百商人止宿池側，值龍忿怒，泛殺商人。盤陀王聞之，舍位于子，向烏場學婆羅咒。四年之中善得其術，還複王位，就池咒龍。龍變為人，悔過向王。」

晉朝張華《博物志》記載：「唐天寶中，有陳仲弓裹中有井，好溺人。一日，有敬元穎謁　曰：此井有毒龍殺人。」

　　清代張英、王士禎、王惔《御定淵鑑類函》卷四百三十七引《傳載》說：「五臺山北臺下有青龍池約二畝，已來佛經雲：禁五百毒龍之所⋯⋯如近池必為毒氣所吸，逡巡而沒。」

　　文獻俱在，誰還說中國龍善良不會噴火放毒傷人呢？簡直睜大眼說大話。總結一下，所謂中華龍吉祥、西方龍邪惡的「常識」，可謂非常片面，甚至武斷。其實中華龍的「吉祥化」，大抵見於漢朝以後（約公元三世紀）；而西方龍被「污名化」，始於耶教冒起席捲歐洲以後（公元三世紀中期到四世紀中期的100年）。事實上，傳說裡，東、西方龍同樣會噴火、放毒氣，致人於死。如果以此為之「邪惡」，中華龍也好不到哪裡，大家龍兄龍弟，彼此彼此。

全球龍族大聯盟

獸身龍家族：貝奧武夫火龍、威爾斯紅龍白龍、怒蛇、唐鎏金銅走龍、麒麟

　　細究全世界的民間傳說與神話，都出現龍的模樣，而且堪稱大同小異。當某國的學究仍在膠柱鼓瑟之際，外國已有人隱隱然突破盲點，從另類角度思考「龍」究竟是什麼一回事。

　　筆者幾年前看過一套Discovery Channel的《真實猛龍──科學的假設》(The Last Dragon)，該節目從自然史角度，想像並推論「龍」這種傳說中的非凡生物，歷來如何在世界各地演化成不同的龍種，各種龍如何因應生存環境，發展出獨特的適應力與行為。譬如中國龍·該節目便推想為一種生存於水裡的龍，是西方火龍的遠親。

　　（題外話：這節目大家可在YouTube上找到。其中關於中國龍的一截片短，曾被人借剪接來斷章取義，訛稱為有人拍攝到中國龍云云。）

　　該節目的構思頗為大膽新穎，但我想指出的是，在各民族

口耳相傳的龍傳說裡，其實「龍族」們的差異並不大，遠較今天大家所認知的更為相似。

全球龍族，大體上均居於水裡、懂噴火放毒、獅足鷹爪、長角、有些曉飛（部份有翼）、有些只懂在水中興風作浪、有一類以蛇形的身軀為主幹，另一類以猶如野獸的身軀示人。有些更懂變化，可以幻化為人等。在詳細拿牠們比較前，先為大家介紹一下幾隻西方經典龍的故事。

經典西方龍故事

古希臘神話中的龍常常作為兇獸及寶物看守者出現。荷馬史詩《伊利亞特》中提到阿伽門農的裝束時，說他的劍上有藍色龍形圖案，胸甲上也有三頭巨龍的紋飾。在赫拉克勒斯的12件功績中，第11件「盜取金蘋果」中守護金蘋果的也是龍。這頭巨龍是提風與愛奇德娜的後代，生有100個頭顱，100張嘴巴裡發出100種不同的聲音。許癸努斯的《傳說集》中則提到守護金蘋果的龍拉冬是提風與愛奇德娜的子女之一。它還有一個兄弟，是守護金羊毛的龍。

盎格魯撒克遜神話龍

凱爾特與盎格魯撒克遜文化中的龍，最早可見於英雄敘事長詩《貝奧武夫》中的描寫。《貝奧武夫》是以古英語記載的

傳說故事，敘述主角貝奧武夫殺死了海怪格蘭德爾後，成為了耶阿特的國王。他統治了50年後，一頭噴火龍出現了。一個逃奴偷走了它看守的寶藏來獻給奴隸主，火龍發現後大發雷霆，沖入耶阿特王國四處破壞。後來貝奧武夫與龍搏鬥，兩敗俱亡。

《貝奧武夫》的龍可謂日後主流西方龍的原型：喜歡囤積並看守寶物、好奇心重、好報復、會噴火，牙齒中含有致死的毒液。《貝奧武夫》的龍是非理性的，它的行為受自身的慾望支配。詩中著重描寫了它對財寶的看重，既不會說話，也聽不懂人類語言，甚至見到貝奧武夫時顯露出震驚與害怕。外觀上，龍的身形修長，牙齒尖利，能夠飛行。

西方龍喜歡囤積看守寶物的形象深入民心。（圖：Pixabay, CC0 Public Domain）

凱爾特神話威爾斯龍

在12世紀開始流傳的亞瑟王傳奇中，提到佛提剛王（King Vortigern）想要建一座城堡，然而建造時，工匠們發現白天建到一半的牆總會在夜裡倒塌。於是國王召集占星術士和巫師來解惑。巫師說，必須用處女之子的血灑在地上，才能使城堡建成。國王最後找到處女之子，他叫梅林。梅林將這種辦法斥為謊言，並告訴國王，城堡的地基之下有一個湖，湖底有兩條沉睡的巨龍。國王發掘出地湖後抽乾池水，果然發現一條紅龍與一條白龍。這時兩龍甦醒，開始相互爭鬥。白龍一開始佔據上風，但紅龍奮起反擊，最後將白龍驅走。梅林解釋，紅龍代表佛提剛王的子民英格魯民族，白龍代表撒克遜民族。英格魯民族會首先被撒克遜民族侵略，然後浴血反抗，最後趕走撒克遜人。這個故事最早記載在九世紀的《歷史上的不列顛》中，其中佛提剛王的領土就是現在的威爾斯。

而在都鐸王朝的亨利七世後，紅龍成為了他的標誌，出現在紋章與旗幟中，慢慢成為了威爾斯的象徵。

根據種種傳說，筆者製作了

威爾斯紅龍出現在旗幟裡。

兩張比較表，雖然此表仍很粗略，旨在更清晰地引發思考：看見如此多的共同特徵分佈，你是否仍堅信「一切只是巧合」？

　　這裡先補充一點：為何筆者把麒麟歸類為龍族？

「龍」的特徵

龍	有角	蛇身	獸身	水生/入水	飛翔	出處
中國龍	✓	✓		✓	✓	典籍眾多*
麒麟	✓		✓		✓	明代沈德符龍淫說**
應龍		✓		✓	✓	《山海經》、《述異記》、《淮南子》
紅龍	✓	✓			✓	啟示錄
怒蛇 Mušḫuššu	✓		✓			巴比倫城伊什塔爾城門(浮雕)
貝奧武夫之龍			✓			北歐盎格魯-撒克遜詩篇《貝奧武夫》
米蘭之蛇 (Biscione)	✓	✓				米蘭市徽 又稱龍形蛇
法夫尼爾 Fafnir			✓			北歐神話
威爾士紅龍/白龍			✓	✓	✓	威爾士《不列顛王列傳》「亞瑟王傳奇」
利維坦 Leviathan		✓		✓		《以賽亞書》:「曲行的蛇」烏加里特史詩:「纏繞之蛇」
皮拉圖斯山龍	✓		✓		✓	瑞士傳說
庫雷布雷		✓		✓	✓	西班牙阿斯圖里自治區傳說
羽蛇神		✓			✓	墨西哥-阿茲特克

「龍」的特徵 2

龍	有鱗	有翼	虎（獅）掌/鷹爪	噴火	有毒	出處
中國龍	✓		✓	✓	✓	典籍眾多*
麒麟	✓			✓		明代沈德符龍淫說**
應龍	✓	✓	✓			《山海經》、《述異記》、《淮南子》
怒蛇 Mušḫuššu	✓		✓			巴比倫城伊什塔爾城門(浮雕)
貝奧武夫之龍				✓	✓	北歐盎格魯-撒克遜詩篇《貝奧武夫》
米蘭之蛇 (Biscione)					✓	米蘭市徽 又稱龍形蛇
法夫尼爾 Fafnir	✓				✓	北歐神話
威爾士紅龍/白龍		✓				威爾士《不列顛王列傳》「亞瑟王傳奇」
利維坦 Leviathan	✓			✓		《以賽亞書》:「曲行的蛇」 烏加里特史詩:「纏繞之蛇」
皮拉圖斯山龍	✓	✓		✓	✓	瑞士傳說
庫雷布雷	✓	✓			✓	西班牙阿斯圖里自治區傳說
羽蛇神		✓				墨西哥-阿茲特克

我認為，「龍」只是一個泛稱，不同民族操不同語言，見到相類的事物，難免賦與不同的稱呼。

故此，中國有麒麟，亦不妨視為獸形的龍。麒麟是中國古代神話傳說中的神獸，常與龍馬混淆。公獸為麒，母獸為麟，據說能活兩千年。牠性情溫和，身上雖有可攻擊敵人的武器，但不傷人畜，不踐踏昆蟲花草，故稱為仁獸。

麒麟的首似龍（《麒麟賦》：霞明龍首），形如馬，狀比鹿，尾若牛尾，背上有五彩毛紋，腹部有黃色毛。麒有角，其中一角生肉，麟無角，口能吐火，聲音如雷。（留意「口能吐火」此特徵。）

明代沈德符說：「龍極淫，遇牝必交。如得牛則生麟，得豕則生像，得馬則生龍駒，得雉則結卵成蛟，最為大地災害。」原來麒麟可能由龍雜交而來，怪不得。（雖然未知何以牠不列於「龍生九子」之列）

而根據新巴比倫時期建造的巴比倫城伊什塔爾城門（公元前六世紀）上的浮雕顯示，有一種叫怒蛇的「龍」，形象近似麒麟，其頭部、頸部和軀幹都覆蓋著蛇鱗，前足為獅足，後足為鷹爪；頭頂長角，尾部有蠍尾針。

大海蛇傳說
龍的隱密身世

大蛇家族：那伽、阿難陀、利維坦Leviathan、虺、米蘭之蛇Biscione、波斯龍、中華龍、螭龍、蟠龍、虺龍、蛟龍

　　古人說：龍蛇混雜，比喻愚賢不一的人混在一起，以龍喻賢人，以蛇喻劣徒，顯然龍與蛇並非處於同等地位。

　　但研究龍的人往往發現，龍與蛇，實在有太多千絲萬縷的關係。龍與蛇，能清楚區分的情況固不在少，但也不時出現混同狀況，真真正正的「龍蛇混雜」。

　　龍，其實是一種「國際現象」，古今中外的龍似乎都身具若干共性。本書第四章首幾節，筆者把全球廣義上的「龍」，粗分為「蛇身」、「蛇身+翼」、「獸身」來加以比較，指出龍並非如一般所認知般中華龍是蛇狀，西方龍是大蜥蜴如此簡單。

　　其中，龍擁有蛇的軀幹，是最為明顯的特性。《民俗神話和傳說標準詞典》的「龍」條目如此說：「所有的龍都有蛇或鱷魚作為解剖學的基礎」。（對於鱷魚原形說，筆者持極度質

疑的立場，容後再談。）

早年的學者如聞一多，朱芳圃等人認為，龍像「巴蛇」（即大蛇）之形，龍就是蛇的變形。雖然筆者質疑聞一多的「圖騰綜合說」，但他對於龍具巴蛇之形的觀察，還是值得探討的。

蛇神話遍佈全球

據人類學者的研究，我們可從一些民俗口頭神話得知，在古老民族中、原始部落裡，蛇崇拜可謂非常普遍。

西非洲貝寧的維達人，視蛇為偉大的神，蛇王更是萬有之父。

印度是崇拜蛇的民族。旁遮普邦有一個蛇部落，每年九月是他們的崇拜蛇神之月。蛇族部落會用生麵做成蛇形，塗上黑紅色，放在簸箕裡拿著滿村走，唸誦「神與你們同在」。

東非的瓦菲巴人和瓦本德人神話中，世上所有生物因睡著了回答不了神的問題：「誰不願死亡？」，唯獨蛇清醒回答「我不願死亡」，所以蛇可得永生，除非有人把牠殺死。

英屬北婆羅洲杜桑人的傳說中，創世主應許誰能脫掉自己的皮便可免死，結果只有蛇回答：「我能夠」，從此蛇便不斷脫皮。類似結構的神話同樣出現於西伯里斯的托拉狄阿斯人、英屬圭亞那的阿拉瓦克人傳說中。

大蛇與龍的千絲萬縷

這些神話均強調蛇「蛻皮」之生命力,表面看來與龍的關係不大。但神話領域的另一種蛇—大蛇,則與中國的龍,關係非比尋常。

印度的那伽,(漢文譯為「龍王」),其實是蛇的發展和變形。相傳那伽有上千種之多,其形之一是人首蛇身,頭戴珠寶。這恰恰與上古華夏伏羲與女媧的造形如出一轍。那伽的特性是能用法術,善變化,有致命毒液,懂長生之術,

印度神話中還有一條「宇宙蛇」阿難陀(又稱舍沙,Ananda-sesa),意為無限,牠有七顆或千顆頭,可噴火及噴播毒液。(參看前文,世界各地的龍大多也會放火噴毒。)牠躺在宇宙底部的孕誕之洋,有如世界般龐大,一打呵欠就地動山搖,後來被大神拿牠當繩子去作攪拌乳海。

在西方,著名巨獸「利維坦」(Leviathan),亦是海中巨蛇的典型。早於1874年,施約瑟翻譯的舊約全書把Leviathan譯為利未雅坦,其後的聖經和合本則譯為鱷魚,現今和合本修訂版譯為力威亞探,天主教聖經思高譯本譯為里外雅堂,是《希伯來聖經》的一種怪物。

《以賽亞書》描述利維坦為「曲行的蛇」,烏加里特史詩則記載利維坦為利坦(Litan),並形容其為「纏繞之蛇」。後

世每提到這個詞語，都指來自海中的巨大怪獸，而且大多呈大海蛇形態。

《希伯來聖經》裡的利維坦，是一頭強到足以與撒但相提並論的強大怪獸，其形象亦與《以賽亞書》中的海怪「拉哈比」（Rahab）十分相似，類似形象的生物在聖經中尚有許多，相信都是利維坦的形象來源。

《約伯記》中提到，利維坦是一頭巨大的生物。牠暢泳於大海之時，波濤亦為之逆流。牠口中噴著火燄，鼻子冒出煙霧，擁有銳利的牙齒，身體好像包裹著鎧甲般堅固。性格冷酷無情，暴戾好殺，牠在海洋之中尋找獵物，令四周生物聞之色變。（筆者按：又是口中噴火。）

利維坦經常被考證為鱷魚（和合本），但也有解經者認為，詩篇說利維坦有幾個頭（「頭」在原文是複數），又說牠呼出煙火，足見鱷魚的說法難以成立。

西方畫家畫利維坦時，經常把牠描繪為一條大海蛇，如德國畫家Paul Gustave Dore。

歐洲各語言中，無論是屬於拉丁語族的義大利語、西班牙語、法語，還是屬於日耳曼語族的德語、丹麥語等語言中，「龍」一詞都有著類似的詞根。英語中的「dragon」一詞的使用可追溯到公元13世紀，與法語中的「dragon」一詞一樣，來源於古法語中的「dragon」。專家說，後者則源自拉丁語中的

「draconem」（主格：draco），而「draco」一詞則是源自古希臘語中「drakōn」。在拉丁語中，「draconem」也可以指巨大的蛇，而在古希臘語中，「drakon」則指巨大的海蛇或海中怪獸。

聖經裡，但的父親雅各臨終前的預言是:「但必判斷他的民，作以色列支派之一。但必作道上的蛇，路中的虺，咬傷馬蹄，使騎馬的向後墜落。」(創世紀49:16-17)。虺，在英語聖經裡，是"the horned sake"，即是長角的蛇。

德國畫家Paul Gustave Dore所繪的利維坦

另外，在一本13世紀以阿拉伯文寫成的動物誌《心之歡愉》（Nuzhatu-I-QuIUb, Hearts Delight）裡提到，當蛇遇到特定際會，則變成龍。請留意這與中國「蛟千年化為龍」之説有異曲同工之處。

看到這裡，你可能不以為然：中華龍，不是懂得飛嗎？為何要與稱霸海中的大蛇混為一談？

原來，飛龍在天，只是龍的一種形態。按文獻分類，幼年、沒有角、未升天的龍，均是長居水中翻風作浪，其造形與能力，與上文所述的大海蛇，根本沒有太大差異！

螭龍、蟠龍、虯龍、蛟龍與大海蛇的關係

其實，中華龍不一定懂得飛。長居海裡的「龍」之造形與能力，與西方的大海蛇，稱得上如有雷同，並非巧合。

三國時期《廣雅》明言：「有鱗曰蛟龍，有翼曰應龍，有角曰虯龍，無角曰螭龍，未升天曰蟠龍。」（《楚辭·天問》：「焉有虯龍，負熊以游？」王逸註：「有角曰龍，無角曰虯，與《廣雅》記述不一，一般以有角曰龍較常見。）

蟠龍，指蟄伏在地而未升天之龍，藝術上多作盤曲環繞造形。《太平御覽》形容：「蟠龍，身長四丈，青黑色，赤帶如錦文，常隨水而下，入于海。有毒，傷人即死。」至於螭，亦可指雌性龍，《漢書·司馬相如傳》有「赤螭，雌龍也」的注釋。

　　至於蛟龍，宋彭乘《墨客揮犀》說：「蛟之狀如蛇，其首如虎，長者至數丈，多居於溪潭石穴下，聲如牛鳴。倘蛟看見岸邊或溪谷之行人，即以口中之腥涎繞之，使人墜水，即於腋下吮其血，直至血盡方止。岸人和舟人常遭其患。」著名的民間故事「周處除三害」，蛟龍便是三害之一。

　　順帶一提虺，「虺五百年化為蛟，蛟千年化為龍」，是龍的幼年期。

　　綜合上述資料，我們可見到，蟠龍、螭龍、蛟龍等，莫不居於水裡，不懂得飛！

周處除蛟龍圖。

中國龍的一項主要能力是司水佈雨，堪稱一種「屬水」的生物。東周管仲所著的《管子·水地》說：「龍生于水，被五色而遊，故神。欲小則如蠶蠋，欲大則藏于天下，欲上則淩于雲氣，欲下則入于深泉，變化無日，上下無時，謂之神。」

　　為什麼有些龍不會飛，有些龍則會？關鍵在於頭上有沒有「尺木」（龍角）。有龍角的，才能升天。

　　李時珍《本草綱目》卷四三：「《爾雅翼》云：『龍者，鱗蟲之長。』王符言其形有九似：眼似兔，角似鹿，嘴似牛，頭似駝，身似蛇，腹似蜃，鱗似魚，爪似鷹，掌似虎。背有八十一鱗，具九九陽數。聲如戛銅盤。口有鬚髯，頷有明珠，喉有逆鱗。頭有博山。又名尺木。龍無尺木，不能升天。呵氣成雲。既能變水，又能變火。」

　　試想想，一條身軀極長，頭上無角，不懂飛大，在水中翻騰作浪，不正正是一條大海蛇嗎？

　　如果有人堅持龍是龍，蛇是蛇，不應混為一談的話，以下有一則小佐證。

　　在《山海經》中，我們不斷見到有神人乘兩龍的記載，如句芒乘兩龍、冰琴乘兩龍、夏后啟乘兩龍、祝融乘兩龍、蓐收乘兩龍等，獨獨在《山海經·海外北經》，出現禺彊乘兩蛇的案例：「北方禺彊，人面鳥身，珥兩青蛇，踐兩青蛇。」，其行文格式，與乘兩龍的段落，非常肖似。再者，古時為山海經

繪圖的畫師，卻把這兩青蛇，畫成龍的模樣。看來，古時的人心中，龍蛇之別，並不如想像中大。

　　綜合本文上、下兩篇，龍／大海蛇有相當多的共通點：

　　•蟠龍、蛟龍，印度阿難陀Ananda-sesa、利維坦Leviathan，居於水裡，體型龐大，力量也巨大。

　　•中華龍本身既能變水，又能變火；印度神話宇宙蛇阿難陀懂放火噴毒；利維坦口中噴著火燄；蟠龍有毒。

　　•沒有「龍角」的中華龍不懂飛天。這與英語聖經裡的虺，是"the horned sake"，亦即長角的蛇，正好作一對比。

　　•那伽與伏羲、女媧，同樣可呈人面蛇身。

　　從神話、古籍中尋找海龍／大海蛇之蹤跡，未免枯燥，如果世上真正存在大海蛇，那麼歷史中有否目擊個案？

　　答案是：有，而且非常多。當然，懷疑論者、證據主義至上者大可對這些證詞存疑，畢竟一日不見屍體，一日大海蛇之說仍猶如鏡花水月。但此等紀錄至少證明：對水裡有蛇形巨獸，不僅是古代中國人旳無聊幻想，如果這是「眼花」錯覺，原來古今中外無數人曾經一起眼花，這個都市傳聞的規模未免太龐大了。

大海蛇目擊個案

1826年6月16日傍晚6時半，一艘駛離加拿大新斯科細亞省南部聖喬治灣的客輪「席拉絲理察斯」，船長與一名英國籍乘客目擊一頭碩大無比，有多處峰背的蛇形生物正緩緩地游向客輪。

1555年，鳥普薩拉大主教歐勞斯·馬各紐斯在著作中記下：水手離開挪威海岸時經常看見一頭海蛇，體積龐大，有200呎長，超過20呎厚。這頭怪物棲息在沿岸的洞穴中，吞噬陸上和海中的生物。

1674年出版的《新英格蘭二度航行記》（An Account of Two Voyages in New England）記載了麻薩諸塞州殖民地原住民的證供：「他們告訴我有隻大海蛇之類的蛇，經常盤繞在安角（Cape Ann）的一塊岩石上。」

1780年5月，驅逐艦「波士頓號」停泊於緬因州外海的寬灣裡，船長目擊一頭大海蛇或是怪物之類的東西，正沿著海灣游下去。民兵準備射擊之前，大海蛇早已潛入水中。牠的長度至少在45至50呎間，依船長的判斷牠身體最粗部位的直徑有15吋，光是頭就有一個成年人的大小，形貌和常見的黑蛇沒有兩樣。之後幾十年間也有零星的目擊傳聞。直至19世紀，這條（或不止一條？）新英格蘭海的大海蛇成為國際著名事件，一連

好幾年從波士頓往北到麻薩諸塞州東北邊的安角之間，有無數目擊者看見這頭怪獸。

1817年8月19日，新英格蘭的林奈學社邀請了一名法官、一名醫生及一名自然科學家為大海蛇作調查。從他們收集的證詞，拼湊出怪物的模樣：一種龐大的蛇形生物，背部有腫塊，以垂直起伏的方式移動。

1848年8月6日，護衛艦「泰達路斯」從好望角返回英國，船長和全體船員目擊大海蛇。船長彼得麥奎海致函英國海軍部交待事件，後來該信被刊登在《泰晤士報》。信中提及那龐大的蛇，頭和肩始終保持在海平面上四英呎的高度，船員以最大的中桅帆和牠作比較，量出大海蛇長度至少有60呎。海蛇頭部以後的軀體直徑大約是15或16吋，牠的頭亮無疑問是顆蛇頭。整整20分鐘內海蛇頭始終在望遠鏡的視線之內，只有一次潛到海面下。牠的體色是暗棕色，喉嚨附近是黃白色，沒有鰭，但船長看見其背上沖刷著一束像是馬的鬃毛或海草之類的東西。看見牠的包括船長、軍需官、水手長的助手、舵手及其他軍官。

1933年，加拿大英屬哥倫比亞省沿岸爆發一連串大海蛇目擊事件。後來該海怪被命名為卡布羅龍（Cadborosaurus）。

1982年春夏季，奇瑟比克灣亦出現大量目擊事件，這大海蛇被命名為切西（Chessie）。

「國際神秘動物學協會」(ISC)主席伯納德霍伊維爾曼在他的著作《喚醒大海蛇》中，鉅細無遺引用自1966年起的587宗大海蛇目擊報告，他判定其中358件是真實案例，並發現口供中反覆出現一些異常特徵，包括：

1) 長頸

2) 像海馬（漂浮的鬃毛、長度中至長的頸部、大瞳孔、臉部有毛髮或鬃角）

3) 多峰背（背上有隆起的腫塊）

4) 多鰭

歷來有無數大海蛇目擊個案。（圖：Pixabay, CC0 Public Domain）

5) 像超大水獺

6) 像超大海鰻

值得留意的是，大海蛇的特徵，除了身如長蛇外，亦有其他部位與中華龍頗堪一比，例如有目擊者形容見到「馬頭」，而中華龍有「頭似駝」之說；大海蛇背上有鬃毛，中華龍亦有「獅鬃」；兩者同樣「多鰭」。看來來彼此難兄難弟，應該頗為肖似。

我們難以核查多少個案屬於騙局，多少是惡作劇，多少是「眼花」的幻覺。如同尼斯湖水怪一般，無數愛好者、專家企圖解開謎團，結果只是帶來更多謎團，慢慢演變成一種「信者恆信」的另類宗教。

如果你問我，筆者態度存疑，但傾向「有亦不足為奇」，畢竟汪洋之大，仍有極多地方人類根本未曾探索過。

飛龍在天之如龍添翼

有翼龍家族：應龍、羽蛇神、埃及蛇神、古希臘龍

　　易卦曰：飛龍在天。中華龍懂得騰雲駕霧御風而行，無須像西方龍般靠拍翼飛翔，這是大多數人的印象。正如金庸在《鹿鼎記》描寫：

　　「韋小寶笑道：『皇上神機妙算，本來就算沒神武大炮，吳三桂這老小子也是手到擒來。只不過有了神武大炮，那是更加如……如……如龍添翼了。』他本要說『如虎添翼』，但轉念一想，以皇帝比作老虎，可不大恭敬。康熙笑道：『你這句話太沒學問。飛龍在天，又用得著什麼翼？』」

　　康熙（金庸）有所不知，或者知但有所忽略，龍家族確有成員「如龍添翼」，而且名聲顯赫，並非冷門小嘍囉，牠便是「應龍」。

東西方都出現有翼之龍。（圖：Pixabay, CC0 Public Domain）

應龍的形象，三國時期的《廣雅》簡單概括如下：「有鱗曰蛟龍，有翼曰應龍，有角曰虯龍，無角曰螭龍。」簡單來說，長翅膀的龍便稱應龍。

上一節筆者提及了虺、蟠龍、螭龍、蛟龍等不懂飛翔的龍，言之未盡的，原來這幾種龍只須潛修日久，便能一飛沖天，化為應龍。南朝梁任昉所著的『述異記』說：「虺五百年化為蛟，蛟千年化為龍，龍五百年而為角龍，又千年為應龍。」

應龍在中華神話中身影處處，功績甚大。遠至上古時，女媧補天後朝見天帝，所乘的就是應龍（

有翼曰應龍。唐墓石刻龍臨摹畫。

《淮南子・覽冥篇》：乘雷車，服駕應龍）；關乎民生者，應龍又助大禹治水，相傳應龍以尾畫地成江河使水入海。（《太平廣記》：禹治水，應龍以尾畫地，導決水之所出）。足見牠絕非「二打六」，但於大眾的認知中，應龍彷彿寂寂無聞，究竟箇中原因為何？

本來，應龍堪稱軍功顯赫。在黃帝決戰蚩尤一役，把蚩尤和巨人夸父解決掉的，便是應龍（《山海經・大荒北經》記：應龍已殺蚩尤，又殺夸父）。故事是這樣的：話說雙方相持不下，蚩尤作大霧困擾敵方，黃帝心想，蚩尤能作大霧，我軍何不派應龍下大雨驅霧？於是應龍接令出陣。哪知應龍還未下大雨，蚩尤便請來風伯和雨師，先下手為強，刮起狂風暴雨，令黃帝的軍隊四散潰逃。

應龍明明吃了敗仗，何以說牠殺了蚩尤？故事的另一版本，同樣記載於山海經內：原來黃帝見應龍不濟事，遂派女兒「魃」參戰。魃發出高熱，破了風伯雨師的術，挽回一城。不知何故，有些文獻卻把蚩尤與夸父之死，算到應龍頭上。很不幸，應龍奮勇上陣，卻不知因殺敵積累邪氣，抑或吃敗仗被罰，總之後來不得復歸天界。（《山海經・大荒東經》:應龍出南極，殺蚩尤與夸父，不得復上。）究竟牠往哪裡去了？

中南美洲的羽蛇神

在太平洋的另一端，中南美洲地區，有一造形與應龍甚為相似的神獸／神祇，受到萬民膜拜，牠就是羽蛇神「魁札爾科亞特爾」（Quetzalcoatl）。羽蛇神的原文由兩個詞組合而成，「魁札爾」（Quetzal）指的是鳥，表示上天和精神；「科亞特爾」（coatl）的本義是蛇，表示大地和物質力量。與應龍相比，一樣擁有長長的蛇軀／龍身，加上猶如鷹隼般的羽翼，兩者似乎大有血緣關係。

中南美洲的古文明普遍相仰羽蛇神，儘管名稱不一，瑪雅文化裡，牠叫庫庫爾坎（Kukulkan）；印加文化裡，牠叫維拉科查（Viracocha）或帕洽卡馬克（Pachacámac）；7-12世紀的托爾特克帝國 及14-16世紀的阿茲特克帝國稱牠為魁札爾科亞特爾（Quetzalcoatl），但基本上均指涉同一神祇。

大體而言，羽蛇神既是創世神，亦掌管學問、工藝、農耕、科學、風的運行，基本上中南美洲的古文明皆把羽蛇神當作主神加以崇拜，但奇怪的是，在這些古文明的傳說裡，羽蛇神是外來神祇，相傳此神通曉所有魔法的奧秘，遠洋抵境傳授各式各樣的技術，如教人量度時間和觀測星晨，提高了當地文明的層次。而這名神祇雖屬外來者，但並未受當地「本土派」排斥，反而奉為上神，譬如著名的墨西哥的契琴伊薩金字塔，就是為了紀念羽蛇神而興建。

這名遠洋而來的羽蛇，與在中華吃了敗仗有家歸不得的應龍，可有什麼關係？

看到此，你可能認為，把天南地北的羽蛇神及應龍拉為一談，未免太牽強。然而除了造形肖似外，有一派學說聲稱，中美洲的文化，乃由華夏的殷商末代傳過去的，真是信不信由你。

古埃及的有翼蛇

除了中華、美洲不約而同出現「翼」+「蛇/龍」的異獸形象，另一個古文明埃及，同樣可找到形象類近的神祇。首先是蛇神瓦吉特/艾德喬（Wadjet/Edjo），牠有時單純以蛇（埃及眼鏡蛇）的形象現身，有時則是擁有鷹翼的蛇。究竟這種「鷹蛇合形」，在埃及文化中有什麼含意？

不妨看一看古埃及初期王國時代的「蛇王碑」（Stela of King Djet，3000 B.C.），上方刻了一

羽蛇神「魁札爾科亞特爾」。

隻老鷹，以側面之姿站立，普遍解釋為代表保護王室的太陽神荷魯斯（Horus）；而下方圓柱象徵國王的宮殿，柱子上端有一條蛇，學者認為代表王朝的國王。雖然此碑的鷹、蛇並未合一，但在太陽神「拉」（Ra）的神話中，可以探索內裡意涵。

古埃及太陽神巡游冥界故事裡，太陽神Ra的形像是頭頂由眼鏡蛇盤繞的鷹頭。話說Ra每天巡游冥界，須經過被噴火巨蛇把守的12道關卡，其中最危險的第七道是由巨蛇Apophis控制，Apophis為阻止太陽神前進而飲乾地下尼羅河的河水。保護Ra的是一位女蛇神，Ra強迫Apophis吐出河水並殺死了它。後來Apophis復活，並埋伏在路上攻擊太陽神，Ra於是將太陽眼化為一條豎起的眼鏡蛇以保護自己。從此祂的鷹頭便由眼鏡蛇盤繞。從上述故事中，可見到鷹蛇合一的神話結構。

古埃及蛇神。

171

世上存在「真龍」嗎？ 馴龍乘龍的記載

小時候學成語，相信好多人也聽過「葉公好龍」的故事。話說楚人葉子高甚喜歡龍，天龍知道了，專程到葉公家的窗口窺視。葉公見了真龍，卻嚇到面無人色。

特以此成語自警與自嘲，如果有朝一日一條活生生的龍出現在眼前，希望在下不會嚇到面如死灰、屁滾尿流。因為來到本篇，筆者想探討的是：世上真的有龍嗎？

春秋時的馴龍族人

動畫電影《馴龍記》裡，身為維京人的主角本來志願為屠龍好手，但機緣巧合下捕捉了一條龍，人龍之間建立起友誼，他從此明白殺龍並不可取，馴龍是可取之道。

別以為馴龍此概念只出於幻想作品。華夏古時，明文記載古人馴龍！春秋時《左傳》記載了魏獻子和蔡墨的對話。蔡墨提到，帝舜在位時，一位叫董父的人，因善於馴龍，其族賜名「豢龍氏」；到了夏朝，劉累善於養龍，其族賜名「御龍氏」。他還引《周易》指出，龍在古時想必甚為常見，若不是古人與龍朝夕相見，怎能有如此細緻的描寫？

人類乘龍的傳說。（圖：Pixabay, CCO Public Domain）

　　魏獻子提出疑問：那為何現時已見不到龍呢？

　　蔡墨回答：因為昔日負責馴龍的官職已遭廢棄，龍難以生存。

　　我們不妨看看《竹書紀年‧太昊庖羲氏》，這本書稱太昊伏羲氏「命朱襄為飛龍氏，造書契；昊英為潛龍氏，造甲歷；大庭為居龍氏，造屋廬。渾沌為降龍氏，驅民害；陰康為土龍氏，治田里；栗陸為水龍氏，繁滋草木，疏導泉流」；「以春官為青龍氏，夏官為赤龍氏，秋官為白龍氏，冬官為黑龍氏，中官為黃龍氏，是謂龍師而龍名」。

可見伏羲族與龍的關係何等密切，說不定當時龍仍未滅絕，伏羲族便是專門養龍的專家。

《遁甲開山圖》更為後世留下了養龍的「農場」所在：「絳北有陽石山，中有神龍池。黃帝時，遣雲陽先生養龍于此，為歷代養龍之處。」

於戰國時期的青銅器物，專家赫然發現了古人馴龍的圖像。日本學者梅原末治在一件戰國時期的蟠螭夋龍紋青銅卣，見到有人執鞭御龍。

戰國青銅卣執鞭御龍臨摹畫。

如何馴龍

那麼，「龍」該如何馴養？《列仙傳》如是說：

「騎龍者，於池中求得龍子，狀如守宮，十餘頭，結廬而守養之，龍大稍去。後五十餘年，水壞其廬。一旦，騎龍來。」

原來龍可結廬而養，而且還懂得報恩。

「馬師皇黃帝馬醫。有龍下，垂耳張口，師皇針其唇，飲以甘草湯而愈。後一旦負皇而去。」

有條龍受傷了，幸得師皇以針藥治好，龍便背負起恩人離去。

　　龍帶人往哪裡去？這令人聯想起黃帝乘龍升天。《史記·封禪書》記載：

　　「黃帝採首山銅，鑄鼎於荊山下，鼎既成，有龍垂鬍鬚下迎黃帝。黃帝上騎，群臣後宮從上者七十餘人，龍乃上去。余小臣不得上，乃悉持龍鬚，龍鬚拔，墮黃帝之弓。百姓仰望黃帝既上天，乃抱其弓與龍鬍鬚號。」

　　原來，龍除了可馴養，還可用來當作座騎！

　　我們再看看《山海經》，不難發現但凡有一定身份的重要人物，出入皆要乘龍：

　　《海外南經》：「南方祝融，獸身人面，乘兩龍。」

　　《海外西經》：「大樂之野，夏後啟，于此舞九代；乘兩龍，雲蓋三層。左手操翳，右手操環，佩玉璜。」

乘龍的南方祝融

《海外西經》：「西方蓐收，左耳有蛇，乘兩龍。」

《海外東經》：「東方句芒，鳥身人面，乘兩龍。」

《海內北經》：「縱極之淵，⋯⋯冰夷人面，乘兩龍。」

《大荒西經》：「西南海之外，赤水之南，流沙之西，有人珥兩青蛇，乘兩龍，名曰夏后開。」

《海外南經》：「北方禺彊，人面鳥身，踐兩青蛇。」（郭璞注）：「北方禺彊，黑身手足，乘兩龍。」

各種龍的原型理論

在學術界，「龍」是幻想出來的文化產物，對學者專家來說，這幾乎是無可置疑的共識（你很難找到主流學者提出太石破天驚的理論）。而中國學術界更公認：現今我們看見的中國龍造形，大體上晚至宋朝才成形。那麼，中華龍的實質、龍神話的起源，又是什麼？

曾經何時，中華龍由不同民族的圖騰綜合而來的「圖騰說」，是知識份子的「常識」。北宋時，有人提出一種畫龍的規範，指龍「其角似鹿、頭似駝、眼似鬼、項似蛇、腹似蜃、鱗似魚、爪似鷹、掌似虎、耳似牛」，這則「龍有九似」的傳統，曾令圖騰說一度佔盡上風。

可是這學說其實頗為牽強，連內行的專家大多也不滿此說，故數十年來陸續有人提出龍是馬、龍是鱷魚、龍是蜥蜴、

龍出於閃電等等等等，種種答案，看來各有道理，但往往互相矛盾。

於是乎，1999年8月下旬，在上海炎黃文化研究會舉辦的「龍文化與民族精神」學術研討會上，學者綜合了五種較具代表性的說法：

揚子鱷說：早期龍形象多為巨頭寬吻，身上有方形紋理，同揚子鱷的生理特點一致。

蜥蜴說：強調龍的再生和富於變化的特點。

祖型多元說：有魚龍、鱷龍、豬龍、馬龍、牛龍、雷龍、雲龍、龜龍。

歷史形態說：主張不同的龍形象屬於不同時代。

心理結構模式說：龍的原型是一種狀態，一種意象，由人類早年的記憶積澱而成。

探討龍是鱷魚理論

這些研討會，大家灌水吃飯，最後當然沒有結論，公說公有理。當然，發展下來，總有一兩個學說較易為人接受，稍為多人提及，便漸成為主流。其中隱然在學術界跑出的，便是「鱷魚說」。

譬如何新在《龍的研究》裡，從文字學、音韻學、文物，結論是食人巨鱷（灣鱷），但更多學者認同是揚子鱷。他們的

理據何在？

原來，揚子鱷有秋天隱匿，春天複醒的冬眠習慣，故此牠常於雷雨交加之際出現。古人每見揚子鱷與雷雨同時出現，雨下自空中，因此想象它能飛翔。另外，部份學者認為，早期龍形象多為巨頭寬吻，身上有方形紋理，同揚子鱷的生理特點一致：

1、披滿鱗甲的身軀。

2、長顎大口和位於頭頂的翹鼻。

3、鋒芒畢現的錐型尖牙。

4、大而圓的突起眼睛。

5、粗壯的長尾。

6、強健的四肢和五指利爪。

7、有橫條紋的腹部。

有些學者更嘗試從音韻學、語言學中尋找答案：

例如刑公畹認為，台語「龍」實際上是漢語「鱷」字的同源詞；又例如黃博全《龍圖騰複音語》說：上古人本操複音語、奉龍為圖騰，龍即是鱷。相傳女媧摶黃土造人，實即最原始的圖騰名，女媧音叶嘔(小兒語也)、弄瓦(生女)、黎元(百姓)、你我、龍吟、李耳(虎也)、蝶螈(蜥蜴)、螻蟻、鴸鵅、淩雲、老鷹，倒裝為臥龍、應龍、嫛婗(人始生)、吾儂、蚴蟉(龍貌)、蚵蠪(蜥蜴)、嬰蜺(蟲名)、膃肭(海狗)、鷗鷺、幽靈、魍

魖等，分化出鱷、龍兩音。

是否看得一頭霧水呢？人是很易被「專家」所「拋窒」（唬倒），當一大堆術語撲面而來，難辨真偽下一般人往往傾向相信。這裡筆者亦無意細辨箇中是非，只想說，這類音韻遊戲，不同專家去操弄，經常得出不同結論。

例如王小盾在《中國早期思想與符號研究》提出：

上古漢語中，「龍」字的讀音與藏語一致，古漢語龍字的詞根是"rong"，從它的諧聲情況看，聲母應當有兩個：b-和g-，所以上古「龍」字可以擬音為「brong」，和傣語的「龍」讀音正好相同。如擬音為「grong」，這又和苗語「龍」的讀音相同。與此對應，藏語「龍」也有兩讀，一讀為「brug」，一讀為「glu」，正好與上古漢語「龍」的兩種讀音分別符合」。

這兩種讀音，反映了龍的兩種形態：一是早期無角的形態，二是晚期有角的形態。無角之龍又稱「虯」，上古音是「glu」，和藏語表示水中之龍的「龍」字讀音一樣。

又例如，有些專家力言「龍」是古人見到天上的行雷閃電而生的想像，他們也一樣從音韻上找證據：

《太平禦覽》卷929引《說卦》云：

震為雷，為龍。

《山海經·海內東經》云：

雷澤中有雷神，龍身而人頭，鼓其腹，在吳西

《淮南子·地形篇》云：

　　雷澤有神，龍身人頭，鼓其腹而熙

《史記·五帝本紀》正義引《山海經》云：

　　雷澤有雷神，龍首人頰，鼓其腹則雷。

「專家」認為，古人把「龍」和「雷」聯繫在一起記載，「龍鼓起腹」就會發出「雷」鳴般的叫聲，説明「龍」名是仿「雷聲」而取的。他們由此想像：大旱之際，人們站在田間，百無一計，此時，天空中傳來「隆隆」的雷鳴之聲，雲中金蛇狂舞，甘霖突降，人們欣喜若狂之情可想而知。久而久之，人們把雷雨現象稱之為「隆」，文字出現後，繼而用「龍」加以代替。這或許也是中國祖先將龍作為圖騰的一個原因。（董玉潔：<中國龍vs西方龍：文化的誤讀>，世界知識出版社期刊中心）

龍與蛇的文物證據

　　我不是説「專家」所言完全沒有根據，但有時實在推演太過，其「斷估」的程度較神秘學研究者有時還要離譜。譬如上述説「人們把雷雨現象稱之為『隆』，文字出現後，繼而用『龍』加以代替」，根本沒有參照「龍」古字的演變，完全是想當然式胡扯。即使其他的理論較「硬淨」，沒有那麼離譜，我也要問一句：音韻上或許出現這線索，但其他方面的證據呢？

文獻呢？實物呢？

考古學上有所謂「三重證據」法，即將歷史文獻、考古史料、口述歷史三者結合。而所謂考古史料，便是從地下出土的新材料（實物）。

很可惜，持「龍是鱷魚說」的專家，大體上也沒有什麼文獻上或實物上的證據。所謂「早期龍形象多為巨頭寬吻」，我找來找去也不知他們的根源何來。後來在一幅龍演變推測圖中，「專家」把一些石刻或青銅刻臨摹的鱷魚圖像，放到龍的演變圖中。可是究竟他們憑什麼認定這就是「龍」的原形，而不是單純的鱷魚描繪圖？

事實上，龍的「出土文物」，從距今約六千年的紅山文化、大汶口文化的C字形玉龍，到商代的青銅龍紋，不難見到其形象經歷了由粗簡到精細的過程。普遍認為，龍經歷夔龍期（仰韶文化、大溪文化、屈家嶺文化、大汶口文化、龍山文化期，經商周，延續到秦漢）、應龍期（概念很早，早見於商周，但作為藝術分期的應龍，可能始於秦盛於漢，延續到隋唐）、以及黃龍期（始於唐宋，遼、金、元奠定了形象基礎，盛於明清）。

1971年內蒙古古翁牛特旗三星他拉村出土玉龍

但無論怎樣演變，龍的主要形像還是與蛇比較接近，戰國時期的雕刻和掛件設計上體現出來的龍，與紅山文化的玉龍相差並不多。而且這演變與「龍」字的演變，是較為吻合的。

　　當然，駁斥「龍是鱷魚」的研究者也不少，如故宮博物館的研究員楚戈撰寫《龍史》，便從文字演變、文物、文獻等駁斥「龍是鱷魚」之說法。

龍的蹤跡與都市傳說

那麼，龍會否「真有其龍」？古代無數文獻裡，原來藏著不少百姓目擊龍的記錄。春秋時代的蔡墨說，龍之所以消失不見，皆因馴龍官職棄失所致，但從下面的記載來看，事情又未必盡然。[1]

《後周書》記載：「大象中，榮州有黑龍見，與赤龍鬥于汴水之側，黑龍死。」

《隋書·五行志》：「梁天監二年，北梁州潭中有龍鬥，噴霧數里。」

《北夢瑣言·石晉龍鬥》：「石晉時，常山帥安重榮將謀幹紀，其管界與邢臺連接。鬥殺一龍，鄉豪有曹寬者見之，取其雙角。」

《隋書·五行志》：「大同十年夏，有龍夜墜延陵人家井中，明旦視之，大如驢。」

《隋書·五行志》：「後周建德五年，黑龍墜于亳州而死。」

《清史稿·災異志》：「咸豐三年十一月，西寧西納川降蟄龍，臭聞數里。」

以下的文獻記載得更詳細了。清代袁枚《續子不語·龍誅龍》說：「乾隆辛亥八月，鎮海招寶山之側，白晝天忽晦冥，有兩龍互擒一龍，摔諸海濱，大可數十圍，如人世所畫龍狀，但角頗短而鬣甚長。始墮地，猶蠕蠕微動，旋斃矣，腥聞里許。鄉人竟分取之，其一脊骨正可作臼，有得其頷者市之，獲錢二十緡。」

　　《太平廣記》第425卷引《錄異記》，民眾甚至見到一大群龍：「蜀庚午歲，金州刺史王宗郎奏，洵陽縣洵水畔有青煙廟。數日，廟上煙雲昏晦，晝夜奏樂。忽一旦，水波騰躍，有群龍出于水上，行入漢江。大者數丈，小者丈餘，如五方之色，有如牛馬驢羊之形。大小五十，累累接迹，行入漢江，卻過廟所。往複數裏，或隱或見。三日乃止。」

　　《西京雜記》：「瓠子河決，有蛟龍從九子自決中逆上入河，噴沫流波數十里。」

　　《南史》：「梁江陵城壕中，有龍騰出，煥爛五色，竦躍入雲，六、七小龍相隨去。」

　　西漢末年，一部專門述記奇聞異事的書，名為《別國洞冥記》，甚卷三記載：「西域獻火龍，高七尺，映目看之，光如聚炬火。」

　　《唐年補錄》記載：「唐咸通末，舒州刺史孔威進龍骨一具，因有表錄其事狀云：州之桐城縣善政鄉百姓胡舉，有青龍

鬥死于庭中。時四月，尚有繭箔在庭，忽雲雷暴起，聞雲中擊觸聲，血如灑雨，灑繭箔上；血不污箔，漸旋結聚，可拾置掌上，須臾，令人冷痛入骨。初，龍拖尾及地，繞一泔桶，即騰身入雲，乃雨，悉是泔也。龍既死，剖之，喉中有大瘡。凡長十餘丈，身尾相半，尾本褊簿，鱗鬣皆魚，唯有鬚長二丈，其足有赤膜翳之，雙角各是二丈，其腹光白齟齬。時遣大雲倉使督而送州，以肉重不能全舉，乃剉之 數十段，載之赴官。」

到了民國，一部《華亭縣志・災異說》也記述：「民國二年癸醜秋八月，望南區吳家堡椿林寺後溝西岩崩陷，裂隙如屋，崩岩似城，崩時雷電風雨大作，有龍緣東山飛去，長四五丈，金光遍體，過處山草盡偃，崩岩石上多呈礦質，燦爛映日，人多見而拾之，余亦親往觀查焉。」

看到這裡，最令人疑惑的是：倘世上真的存在「真龍」，何以近代完全不見任何屍骸、化石、標本或由現代科技留影？

偽做的都市傳說

我們不妨先看看一則曾在網絡上鬧哄哄的都市傳說：

「柬埔寨吳經理傳來的：不是親眼看到我也不相信，今天晚邊來龍山上空烏雲大片，怕下大雨，我和幾個朋友從來龍山下來，突然一道閃電過後，我抬頭一下，我的媽呀，發現一個不明飛行物穿過烏雲，很像傳說中的龍，本來我還在想是不是

幻覺，我們快到山下時就有很多人在說，來龍山上空掉下來一條龍，受傷很嚴重，被附近居民帶回家，我和幾個朋友跑那人家裡去看了，肚子受了重傷，現在正在聯繫電視記者中。」

筆者告訴你，真相是：這條「龍」，其實是2014四川美術學院的畢業作品展，名為[1934.8.8]。那則都市傳說當然是胡編亂作的。

在日本大阪市浪速區的瑞龍寺，據稱收藏了真龍標本。該標本身長約 公尺左右，頭上有角，嘴邊有長鬚，眼形巨大，後腳短小，蛇狀的背脊，全身附有鱗片，被塗滿金漆，經過防腐過程而保存下來。

據講，在日本明治十一年幕府時代，有一條小龍由中國輸至日本，而在大約370多年前，由一名日本商人從中國某港口弄到手，再轉讓賣給了萬代藤

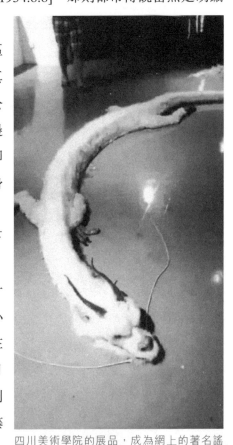

四川美術學院的展品，成為網上的著名謠言。

瑞龍寺的龍標本。

兵衛做為收藏。萬代藤兵衛是有名的收藏家，後來將龍捐給了
日本大阪市浪速區瑞龍寺，還做了一個箱子，叫「升龍箱」。

　　這具「標本」，可想而知，瑞龍寺當然不可能供外界作深
入研究，如驗DNA什麼的。我們單憑圖片，甚至親身飛往大
阪觀摩，恐怕也得不出什麼結論。值得一提的是，瑞龍寺還收
藏了如美人魚、河童等標本，皆是由富商萬代藤兵衛所捐贈。
這些常人畢生難得一見的「幻之生物」，這位富商竟可一一收
集，難免令人生疑，加上古時素有偽造美人魚標本的風氣，由
此引證，有人製作龍的標本，完全不足為奇。

小結

• 龍是鱷魚理論，雖然一些專家提出甚為刁鑽的理據，但這種學術遊戲，不同學者得出不同的結論，頂多能視為參考，不能當作「真理」。

• 龍是鱷魚的理論，與文獻、出土實物、文字演變甚不相符。

• 目前「專家」對中國龍的實質與原形提出大量理論，雖各有依據，但也有疑點，學界沒有所謂的共識與公論。

• 「專家」的所謂硬派學術研究，較諸神秘學愛好者的「大膽假設」，可謂好不了多少，偏見隨處可見，牽強起來，更是慘不忍睹。

註1
部分古文出自中國博客趙自強的發掘整理。

龍之狂想曲

探索龍的底蘊，筆者試圖以橫向比較來「突破盲腸」（港式潮語，意為突破盲點）。當然這方法堪稱離經叛道，不為主流文化界所接受，但沒相干，在下又不是寫學術論文，管他們那麼多！

　　至於縱向的研究，亦即為龍尋根，歷來已有大量專家、學者孜孜不倦去做。無他，這群人自稱龍的傳人嘛，連龍的「來龍去脈」也搞不清又怎好意思呢？大量的資料擺在案頭，雖然我對「專家」之言時有懷疑，但總不能如此傲慢看也未看便一

世人對「龍」充滿無限幻想。

句抹殺。之前已概括為大家介紹了學術界這些年來在搞什麼，也扼要分析了「龍是鱷魚理論」、「龍是綜合圖騰理論」這些主流學說並提出本人的質疑。

為龍溯古，不妨先看看商代以前的出土文物。早在1970年代，內蒙古出土一款「C」型玉龍，經考古勘查確認屬於距今約5000多年的紅山文化遺物。

其後的考古陸續發現，由紅山文化以至夏商文明出土的玉龍，都有大頭曲尾、首尾相接作環狀的相同特徵。有人看到此造形，忽發靈感，這豈不是與生命起源的「胚胎」十分相似？

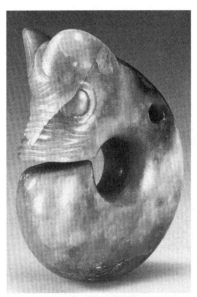 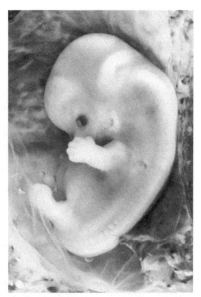

紅山文化的C字玉龍與胚胎甚為相似。

例如：

-內蒙古翁牛特旗紅山文化遺址出土的「玉龍」便彎曲成"C"字形；

-內蒙古巴林右旗紅山文化遺址出土的「豬龍」首尾相接成環狀；

-山西襄汾陶寺夏文化遺址出土的「蟠龍紋」形狀像蛇，捲曲成為一個圓環；

這種形態，與哺乳動物的胚胎形態頗為相像。換言之，「龍的崇拜」原來是一種「胚胎崇拜」！

持這種理論的學者也不算太少，如邱瑞中早於上世紀80年代在《內蒙古師大學報》發表《龍的始原》，根據殷周青銅器和玉器上的龍造型和龍紋飾，認為龍的原型來源於脊椎動物初期的胚胎；王小盾《中國早期思想與符號研究》認為龍的本質是「胚胎狀態和孕育狀態」。

他們指出，儘管龍後來演變出我們現在所見的模樣，但本源其實是一種生命的崇拜禮讚。

因為中國上古時代的思想體系，是圍繞太陽的運動而結構起來的，其特點是將萬事萬物理解為從生到死、由死復生的過程。因此，上古宗教意識的核心問題是生命崇拜（生命與太陽關係密不可分），而龍信仰則是這一思想體系的重要環節。

但單憑出土玉龍呈環狀形態便判定是胚胎崇拜，實在有點

武斷。

當然，這派學者亦提出了一些間接的論據：

《說文解字》中，「巳」是未成形的胎兒，「子」是成形出生了的胎兒，「巳」無臂「子」有臂；除子、巳、字外，尚有乳、育、娠、妊等字與胚胎相關，這些字描述了胎兒出生的全過程。

龍在十二生肖中屬「辰」，辰的原始涵意是表示生命發動。

這派學說認為太極圖代表兩個性別不同的胚胎合組，可見胚胎學曾對中國古代哲學有過決定性的影響。

古人早已對胚胎解剖學有相當研究。如古代印度人正是如此，佛經《佛說胞胎經》裡，細緻描寫了人類胚胎自構精、受胎、成人至降生的過程，經歷凡三十八個「七日」。

曾幾何時，筆者作如此推想：說到龍與生命的關係，我聯想起「人面龍／蛇身」的上古神女媧與伏羲。女媧與伏羲的蛇身交尾而成螺旋狀，恰如DNA的分子結構。如果「龍」真的在暗示胚胎，那麼上古中國人對生命之源的認識，實在令人驚訝。如果沒有外來生命體（外星人或神佛）的傳授，較具信服力的解釋，便是古人一早已掌握洞察人體的技術。這種技術，術語叫「內視反觀」。

不過，龍（中華龍）的本源若是「胚胎」崇拜，這與本人

的橫向研究結果又有點不符，曾一度令我相當困惑。

後來接觸到另一些考古資料，才豁然開朗：

1982年5月，阜新地域文物普查隊在阜蒙縣沙拉鎮查海村發現了一座古代村落遺址。到了1990年，考古隊發現了龍紋陶片。類龍紋共發現兩塊，直徑約10釐米，一塊為龍的尾部，一塊是龍的腹部。尾部彎曲上翹，腹部回跌盤旋，並以浮雕手法表現壓印鱗狀紋飾。

如果拿這龍紋陶片與龍山文化的蟠龍圖作比對，不難發現這造形很可能是一脈相承。這些蟠龍圖，望真一點，說盤蛇也無不可。亦即是說，環狀的龍文物，未必一定是胚胎，也可能是盤蛇。

蘇秉琦教授認為，阜新查海是紅山文化的根系之一。中國文明起源，北方先邁了一步，查海七、八千年的玉器就是證明，查海遺址時間比紅山文化早一個階段。

教世人觸目的還在後頭。1994年9月，在阜新查海遺址的挖掘中，遺址的中心部位，緊靠大型房址地南側，墓地上方，出土了一

龍山文化早期褐陶盤彩繪蟠龍紋

條的長19.7米，寬1.82米的龍形石堆塑，全部用紅褐色大小均等的石塊堆塑而成，頭南足北，飾有雲帶。龍形昂首張口、彎身弓背，尾部若隱若現。

考古專家原故宮博物院院長張忠培、原遼寧考古研究所所長郭大順等集體鑒定這是一條龍形堆塑，遺址經碳14檢測，距今8000年。這是目前在中華發現年代最早、體型最大的龍形文物，證明中華龍源於八千年前的遼河流域。

這發現，反而與筆者的「橫向研究」完全沒抵觸。本人認為：在全球的龍神話裡，龍擁有多種共同特徵，其中「長蛇軀幹」是一大特徵。而原來，八千年的遼河流域已出現這種龍的

阜新查海遺址的龍形石堆。

形象！

　　如果你覺得一堆石塊堆塑不足以證明那便是「龍」，不妨看看河南濮陽西水坡的蚌塑龍虎圖。

　　1987年，濮陽西水坡發現一處墓葬，墓葬的主角身旁有兩隻以蚌堆砌而成的「動物」，專家命名為「蚌塑龍虎圖」。該文物距今約有6400多年。

　　墓主東邊是蚌龍，西邊是蚌虎，北邊是用三角形蚌塑和兩支人脛骨代表的北斗。由於北斗的存在，顯示它很可能是一組關於天象的符號。

　　有人曾用消除歲差的天文學計算方法求得了6000年前星圖，發現它和濮陽蚌塑龍虎圖所反映的天象是基本吻合的。

　　從甲骨文金文的研究來看，商代的人已有豐富的天文學知識。而濮陽墓葬更證明，早在6000年前的上古人已對天文觀測發展出系統。

　　值得一提的是濮陽墓葬中還另有兩組蚌塑圖：一組在45號墓南去20米處，作合體龍虎的形象；同一軀體，北邊是面向西方的虎頭，南邊是面向東方的龍頭；龍虎背上有一隻鹿，龍的頭部則有一隻蜘蛛和一塊石斧。

　　另一組再往南去25米，作人騎龍、虎奔走的形象。虎在北邊，頭朝西方；龍在南邊，頭朝東方，龍身上騎一人。

　　考古學家張光直解釋，這種形象所表達的是墓地主人乘龍

蚌塑龍虎圖

虎升天。按照道教的説法，有道行的人和借著龍、虎、鹿三蹻的腳力，上天入地與鬼神相交。可見道教龍虎觀與古老的乘龍虎升天的觀念有淵源。

上古的龍虎圖，大多藉青銅器保存下來，這種組合紋飾於商代青銅器處可見得到。如在河南鄭州北郊小雙橋出土的一件青銅建築構件，其紋飾便有龍虎合像圖。

而濮陽墓葬蚌塑圖更證明上古的人已建立了以龍象徵東方和春季標誌星、以虎象徵西方和秋季標誌星的觀念，與當時的曆法和天文觀測相對，説明古華夏人已有重視春、秋二分的系統，並相信龍虎是人賴以升天的媒介。

小結

•中華龍，誠然在「演化」過程中，由簡單到複雜，逐漸增加了一些元素（龍有九似），但原初的龍，早在八千年前，其造形已與現今的中華龍甚為接近，那些硬指龍是馬、龍是鱷魚的理論，可以休矣。

•就算紅山文化的玉龍有胚胎的含意，也不代表它便是龍的本質。

•由於後世流傳有青龍、白虎並列的概念，所以濮陽蚌塑龍虎圖的「龍」，很難説它不是龍。

•紅山文化的C字玉龍、龍山陶盤彩繪蟠龍紋、濮陽蚌的龍皆是長身曲體，筆者認為這是否定「龍為鱷魚理論」的重要證據。

•龍與星宿觀測的關係，很值得研究者留意。

先民對龍的集體意識

　　研究東方龍的過程中，筆者發現一個頗有趣的現象：中國龍主要以長蛇軀幹為主體（有角是最典型的龍；無角的包括螭龍、蟠龍、虯龍、蛟龍），但旁枝的「造形」，也有魚龍、象鼻龍、玄武龍、天黿龍、豬龍、馬龍等等，如魚龍是龍頭魚身、天黿龍是龜形的龍……似乎古華夏人對於把一切都歸入「龍」的家族，非常樂此不疲。

　　重重思維迷霧裡，適時運用逆向思考，說不定有所得著。筆者有種強烈感覺：「龍」，似乎很早很早已存於古人心中（從考古的證據來看這種猜想應該正確），不曉得他們是口耳相傳一代傳一代談及龍的事跡，抑或在集體潛意識中深深埋下龍的印象，總之，上古先民的觀念裡，龍是實際存在的。

　　但是，誰也沒有真正見過龍；可能有人見過，卻為數不多；又或者，見過龍的人已不存世（參看魏獻子和蔡墨的對話）。總之，自古相傳有龍，古人也聽聞若干龍的特徵，但又不肯定什麼東西才是龍。於是乎，東家的陳某見到一條怪魚，便說是龍；西家的李某見到鱷魚，也說是龍。所以才會出現主流以外的各種龍造形。

　　至於為什麼早在8000年前的遼河流域、6000年前的濮陽墓葬、5000多年前的紅山文化，所出現的龍皆是長蛇軀幹（往往帶角），恰恰與後來明、清朝較「近代」的演變造形一脈相

承？筆者無責任猜想：古代有一些人／族群，掌管了遠古的知識，他們操控了龍的話語權，並以神話、文字、圖像把龍之意識留存下來，直至如今。

這族群，於上古，叫「巫」！

東西方龍高度相似的猜想

至於在筆者的研究裡，東方與西方的龍，有太多隱密的相似點，並不像主流學說般毫不相干。至所以出現此神秘現象，離不開幾個可能性：第一，龍曾經真實存於世上，全球不少人類曾目擊此異獸，並各自在傳說中留存下來。後世東、西龍出現差異，只因「龍」擁有不同品種，遠古東、西方人見到的「龍」不一樣，自然有大同小異（或大異小同）的記述。

第二個可能性：世上本無龍，純屬人類幻想創作。要解釋東西方龍的雷同，有幾個可能性：一、完全是巧合；二、上古文明早有交流（一支神秘族群在四方奔走活動）；三、所有文明皆來自同一源頭，是為「文明同源說」。熱愛神秘學的讀者、網友，看到這裡，應不難發現亮點了：是的，龍的探討之所以有趣，正正在於牠可貫串多個神秘學的大話題。

先回頭看看第一個可能性。如果世上曾存在「龍」這種異獸，牠究竟是什麼？

龍與恐龍的隱密關係

世上是否曾經存在一種生物，於地球有重大「地位」，誰也不敢忽視，但後來又失去踪跡？答案呼之欲出，是恐龍。

有沒有可能，龍，便是恐龍呢？

如此狂想不僅僅是筆者旳專利。大陸一位研究古華夏文化，也熱衷研究龍的學者王大有也曾提出：「龍，被古人公認為最原始的祖型，可能還是恐龍。古人以具有四足、細頸、長尾，類蛇、牛、虎頭的爬行動物為龍，這可能是古人當時見到並描繪下來 的某種恐龍形象。⋯⋯或許古人見到的龍，真的就是恐龍，後來它們漸漸見不到了，才把它的同類海鱷、灣鱷或揚子鱷與其視為一類，加以崇拜。」

為何個別學者有此懷疑？（作者按：他們僅是略有懷疑，我未曾見到有人提出論據），因為在少數出土文物中，赫然見到猶如恐龍的生物形象，例如漢代墓室龍畫；又例如1978年湖

漢代墓室龍畫肖似長頸龍

戰國曾侯乙編磬的「龍」根本就是長頸龍！

北省隨縣曾侯乙墓出土的戰國曾侯乙編磬，磬兩旁的「龍」，與史前真實的生物「長頸龍」何其相似。

筆者以下將提出更多「線索」（實在不敢稱為證據），供讀者參詳。全球「龍」家族裡，我們不難發現幾款「經典」造型，為方便區分，筆者在本書把牠們粗分為三類：

一、擁有圓狀的修長軀幹，猶如大蛇，活在海裡的龍：這包括螭龍、蟠龍、虯龍、蛟龍；西方原始意義的Dragon（拉丁語draconem指巨大的蛇，古希臘語drakon指巨大海蛇或海中怪獸）；印度神話阿難陀（Ananda-sesa）；西方的利維坦（Leviathan）。以上這些「龍」主要以水為活動範圍。

二、同樣擁有大蛇軀幹，但多了翅膀的龍：這包括中國的應龍；希伯萊神話的Seraphim（《以諾書》裡Seraphim的意思是大蟒，擁有四肢與六個火焰之翼）；美洲羽蛇神（Quetzalcoatl）；埃及蛇神（Wadjet/Edjo）。

三、擁有猶如巨型蜥蜴身軀、或像大型走獸的龍：這包括較典型的西方龍如北歐貝奧武夫之龍、威爾士紅龍白龍；巴比倫的怒蛇（Mušhuššu）；中國的麒麟、部份中國獸身龍（如唐朝鎏金銅走龍）。

筆者懷疑，上述的三種「龍」，竟然可以分別與幾類「恐龍」相互對應！

這裡所說的恐龍，僅是籠統的說法。生物學上，恐龍指四肢直立於身體之下，而非往兩旁撐開，牠們出現於晚三疊紀卡尼階，持續生存到晚白堊紀馬斯垂克階的爬行動物。同期的史前爬行動物，如翼手龍、魚龍、蛇頸龍、滄龍、盤龍類等，科學分類上均不是恐龍。

但這無關宏旨，本文旨不在搞科普，只想探討：世界各地的龍，其原形，有沒有可能是恐龍一類的史前爬行生物？以下就是筆者一些證據不甚充足的比附，僅作拋磚引玉。

（一） 就以最「典型」的西方龍為例，一直以來，西方龍被視為一條能噴火的大蜥蜴。無獨有偶，英國古生物學家Richard Owen於1842年創作恐龍（Dinosauria）一詞時，便是衍化自古希臘文，以希臘文的dino（恐怖的）和saur（蜥蜴）來命名。

神秘學知識裡，「龍」是溫血生物（因為牠懂得噴火？一笑）。在20世紀初，科學家都認為恐龍和現代爬行動物一樣，屬於冷血動物，但自1970後，越來越多科學家提出恐龍也是溫血動物的假設。許多恐龍的身上具有鱗甲，這也與「龍」的特徵相似。

居住於古代中亞地區的西徐安人，或將當地發現的原角龍化石，描述成獅子身體、大型爪、以及鷹頭，且守衛黃金的生物，成為獅鷲的形象來源。雖然很少人把「獅鷲」歸類為龍，

但筆者認為牠與「怒蛇」的特徵，甚至各種龍的特徵頗有相通處（見〈全球龍族大聯盟〉附表）。

　　（二）如果說「獸身龍」的原形是恐龍，「蛇軀龍」的原形便應是「滄龍」。滄龍科（Mosasauridae）是種如蛇般彎曲的海生爬行動物，活於白堊紀，古生物學家認為滄龍類與恐龍一起滅絕於白堊紀-第三紀滅絕事件中。sauros在希臘文意為蜥蜴。

　　有些神秘動物學者認為，近代那些大海蛇的目擊個案，其主角的真身很可能是滄龍類。當然，正如尼斯湖水怪一樣，至今仍沒有任何活體發現，骸骨方面，所出土的滄龍類骸骨也沒有來自白堊紀末滅絕事件後的標本。

（上）滄龍科的化石(Robin Zebrowski, CCA 2.0, Wikimedia Commons)；（下）傳說中「龍」的幻想圖（Photobucket）

（三）單純看造型，應龍或羽蛇神，最能對應的當然是翼龍。翼龍類屬於主龍類，是在三疊紀時期與恐龍分開演化，但並非陸棲動物。

還記得中國龍的傳說中，頭上有「尺木」（龍角）的，才能升天？恰巧，自從1990年代以來的新發現化石與研究，發現翼龍類普遍具有頭冠。

雖然，翼龍類並沒有發現羽毛證據，但至少部份翼龍類覆蓋者類似毛的絲狀結構。

另外，隨著越多的研究，證明恐龍具有更多鳥類的生理構造特徵和行為，生物學上更靠近於鳥類。

試幻想一下，一只有角，長著雙翅有羽毛的恐龍，豈不是像極了應龍/羽蛇？

然而，最讓人抓破頭腦的是：主流學說指出，恐龍早於6,500萬年前已滅絕，人類與恐龍按道理沒有任何相遇的機會。

但世上疑似出現恐龍蹤跡的文物實在多得嚇死人。這裡隨便舉幾個例子：首先我們看看一件文物，名為納爾邁調色板（Narmer palette）。納爾邁是古埃及第一王朝的首位法老，被希

（上）翼龍的化石。（下）傳說中飛龍的幻想圖。

羅多德稱為「美尼斯」。傳說他以武力統一上下埃及，並建都孟斐斯。該文物上雕刻了一隻「怪獸」，看起來頗像長頸龍。

納爾邁調色板上可清晰見到長頸龍。

另一件文物是吳哥窟的雕塑，造型像極了劍龍。

吳哥窟雕塑中的劍龍。

這種恐龍遺物在全球各地皆有發現，日本人南山宏便撰寫了一本書搜羅大量例子（台譯：《超神祕X檔案：恐龍新證據》，大陸譯《圖解未知世界：不可思議的恐龍遺物》），企圖指出人類和恐龍曾經共存。

據筆者了解，箇中例子真假夾雜，本來頗影響其可信性，但你不妨細心想想：即使當中僅有一、兩宗為真，即足以顛覆人類對恐龍，乃至人類發展史的認知。

莫非，「龍」是古人對恐龍的敬畏與恐懼，投射在神話與傳說，經過無數歲月流傳與創造，所衍生出來的生物？

此處帶出一個疑問：如果人與恐龍曾經共存，那麼究竟是：

1) 人的文明史遠較目前的常識源遠流長得多，歷史學家統統搞錯了；

2) 恐龍一直未滅絕，只是隱匿於地球某處，偶爾現身人前遭目擊？

如果答案屬後者，我們該問：有沒有類似的目擊個案？原來是有的。

在一本名為《A Living Dinosaur》(1987)的著作裡，記載了一些疑似恐龍目擊個案。譬如在非洲剛果，1981年當地人發現有神秘生物殺死三頭大象，目擊者稱此生物為（emela ntouka），根據他們的形容，作者認為emela ntouka可能是史前的三角龍或同類有角恐龍。

類似的神秘生物目擊個案不勝枚舉。當然我們難以確定那些生物是恐龍與否，抑或是其他未知生物，甚至難以猜測那些個案屬實與否。最經典的要數尼斯湖水怪，搞了這麼多年，正

反證據雙方各提出一大堆，至今依然人言人殊。

懷疑論者難免質疑：以現今科技，如此龐大的巨獸，能躲到哪裡去？怎可能數百年來也沒有確切證物面世？以現今科技，為何始終沒有更確切的證據浮現？

這種質疑，對象不僅是龍，同樣可放諸眾多「妖獸」：沒有確鑿證物，一切只屬扯談。

面對如斯強烈的質疑，神秘生物學的信徒，唯有搬出「地球中空論」乃至第四度空間等理論來自圓其說了。

對本人來說，除非涉嫌造假，否則文物上的證據是較為可信的。畢竟，即使古人想像力再豐富，也很難無中生有「創作」出與恐龍幾近一模一樣的異獸。與其堅信一切只是巧合，我寧可相信這是一種紀錄。

至於全球「龍」的原型是否就是恐龍及同期的古生物，實在有待更多證據出土或曝光。在一個似訛傳訛的世代，真相唯有靠有心人去逐一辨證發掘。

妖獸都市傳說

作　　者：列宇翔
責任編輯：尼頓
版面設計：何勿生
出　　版：生活書房
電　　郵：livepublishing@ymail.com
發　　行：香港聯合書刊物流有限公司
　　　　　地址　香港新界大埔汀麗路36號中華商務印刷大廈3字樓
　　　　　電話　（852）2150 2100
　　　　　傳真　（852）2407 3062
初版日期：2017年5月
定　　價：HK88 / NT$280
國際書號：978-988-13848-6-7
台灣總經銷：貿騰發賣股份有限公司
　　　　　電話：（02）822 75988